FOLIO POLICIER

Simenon

Le locataire

Gallimard

Georges Simenon, l'homme aux 400 livres et aux 100 000 femmes !

Personnage excessif, écrivain de génie, père du célèbre Maigret et d'une importante œuvre romanesque, Simenon restera l'un des romanciers majeurs de ce siècle.

I

— Ferme la fenêtre! geignit Elie en remontant la couverture jusqu'à son menton. Deviens-tu folle?

— Cela sent le malade, ici! répliqua Sylvie dont le corps nu se dressait entre le lit et la fenêtre grise. Ce que tu as pu transpirer, cette nuit!

Il renifla, rapetissa son corps maigre tandis que la femme pénétrait dans la lumière chaude de la salle de bains et faisait bouillonner l'eau de la baignoire. Pendant quelques minutes, il était inutile de parler, car le vacarme des robinets dominait tous les bruits. Un œil ouvert, Elie regardait tantôt la fenêtre et tantôt la salle de bains. La fenêtre était froide, d'une blancheur perfide. Les gens qui s'étaient levés de bonne heure avaient sans doute vu tomber la neige. Mais il était onze heures et les flocons ne se détachaient plus du ciel jaunâtre qui pesait sur les toits de Bruxelles. Le long de l'avenue du Jardin-Botanique, les réverbères étaient encore allumés, ainsi que les lampes des étalages.

De sa place, Elie voyait très bien l'avenue noire et luisante où les tramways se suivaient en caravane. Il apercevait aussi le jardin botanique et les plaques de neige qui subsistaient, l'étang à moitié gelé, trois cygnes figés dans un reste d'eau sombre.

— Tu ne te lèves pas?

— Je suis malade!

Ils étaient pourtant restés au *Merry Grill* jusqu'à trois heures du matin. Il est vrai qu'Elie avait le nez tuméfié à force de se moucher et qu'il insistait depuis longtemps pour rentrer. C'était un mauvais rhume, peut-être une grippe ou une bronchite. La peau moite, il se sentait sans défense dans un univers hostile.

— Ferme la fenêtre, Sylvie.

Elle traversa la chambre, après avoir tourné les robinets. La glace de la salle de bains était embuée.

— Ce que Van der Chose doit roupiller! Tu ne trouves pas crevant qu'il soit au *Palace* aussi, et juste à côté de nous?

Elie Nagéar n'était pas disposé à trouver quelque chose crevant. Il maugréa :

— Je sais que c'est à cause de lui que tu m'as fait rester debout jusqu'à trois heures!

— Imbécile!

C'était pourtant comme cela, mais ce n'était pas la peine d'insister. Au *Merry Grill,* il n'y avait presque personne en dehors des entraîneuses installées devant les verres vides. L'orchestre lui-même hésitait à se mettre en frais et Sylvie bâillait. Mais un gros Hollandais était arrivé, en compagnie de deux Bruxellois qui le pilotaient, et il n'y en avait plus eu que pour eux.

Le Hollandais voulait s'amuser. Il avait le rire sonore, presque enfantin. Après quelques minutes, quatre femmes étaient déjà à sa table et on y buvait du champagne, on y fumait des cigarettes fines et des havanes.

10

Sylvie, au bar avec Elie, ne quittait pas des yeux le groupe bruyant.

— Si tu es malade, va te coucher!

Il n'était pas jaloux et pourtant il était resté, peut-être pour la faire enrager.

— C'est Van der Chose qui t'intéresse?

Un nom que Sylvie avait donné au Hollandais, comme ça. Elle était vexée de voir d'autres femmes faire la bombe alors qu'elle buvait un gin-fizz. Elle les trouvait laides.

— Rentrons!

Or, au moment où ils traversaient le hall du *Palace* pour regagner leur appartement, ils avaient vu Van der Chose qui rentrait aussi. Les femmes n'avaient même pas su le retenir! Il revenait seul! Dans l'ascenseur, il regarda Sylvie avec un étonnement flatteur.

Et Sylvie devait coucher avec Elie Nagéar qui suait, le nez tuméfié, les yeux rouges, et qui n'avait plus un sou!

— Que vas-tu faire dehors à cette heure-ci?

— Je n'en sais rien, répliqua-t-elle en passant ses bas. En tout cas, il faut que tu me donnes de l'argent.

— Je n'en ai pas!

Jusqu'alors, il n'y avait eu que la salle de bains éclairée et la chambre restait comme envahie de poussière grise. Ses bas réunis à la ceinture par des jarretelles noires, Sylvie tourna le commutateur et le tableau qui se dessinait dans le cadre de la fenêtre s'estompa jusqu'à être à peine visible.

Du même coup, l'appartement devenait luxueux. Sur la toilette, entre les torchères aux abat-jour de soie rose, brillaient les flacons chapeautés d'argent et les cristaux du nécessaire de toilette. Les seins nus de Sylvie disparurent sous une fine chemise.

— Il te reste bien quelques centaines de francs.

— Tu n'as qu'à vendre ton lingot d'or, grogna-t-il en se mouchant.

Et le contact du mouchoir avec sa peau malade était si douloureux qu'il accomplissait ce geste avec des précautions infinies.

— Tu t'imagines que je vais m'en séparer?

Il n'imaginait rien du tout. Il n'avait plus aucune imagination. Il suait. Son lit sentait la sueur. Son pyjama lui collait à la peau et la lumière lui faisait mal.

Il avait rencontré Sylvie à bord du *Théophile-Gautier,* deux semaines plus tôt. Elle revenait du Caire, où elle avait dû être entraîneuse dans quelque cabaret. Lui faisait le voyage de Stamboul à Bruxelles, pour essayer de traiter une affaire de tapis : un million de tapis consignés par la douane et qu'il s'agissait de vendre.

Les tapis n'étaient pas à lui. C'était une affaire qui traînait depuis des mois. Vingt intermédiaires s'en étaient occupés, à Péra, à Athènes et même à Paris, au point qu'on ne savait plus au juste à qui était la marchandise et quelle était la part de chacun.

Elie Nagéar, qui avait des relations à Bruxelles, était entré dans le jeu et il s'était montré si affirmatif qu'il avait obtenu une avance sur sa commission.

C'était clair : s'il vendait les tapis, il touchait deux cent mille francs!

Sylvie voyageait en seconde classe. Dès le premier jour, il y avait quatre ou cinq hommes autour d'elle et le soir elle restait sur le pont jusqu'à deux ou trois heures du matin.

Qui lui avait payé le supplément de première ? En tout cas, ce n'était pas Nagéar qui, à ce moment, n'était pas encore dans son intimité. Il n'avait réussi, lui, qu'avant l'arrivée à Naples, quand elle lui avait avoué que son billet n'était que pour ce port.

Il avait payé Naples-Marseille. Il l'avait emmenée à Paris, puis à Bruxelles. Ils y étaient depuis trois jours et il n'y avait déjà plus rien à espérer quant aux tapis.

Elie était malade par surcroît et il lui restait moins de mille francs en poche. Un œil caché par la couverture, il fixait de l'autre Sylvie qui écrasait du rouge sur ses lèvres.

— Je me demande ce que tu peux aller faire dehors à cette heure-ci!

— Cela me regarde.

— A moins que tu veuilles rejoindre Van der Chose!

— Pourquoi pas?

Il n'était plus jaloux. A bord, il l'avait été, parce que c'était, entre hommes, à qui aurait Sylvie, et que tous les passagers étaient au courant heure par heure de ses faits et gestes.

A présent, il la connaissait trop. Il l'avait vue au lit, le matin, quand ses taches de rousseur, sous les yeux, étaient plus apparentes et que ses traits soulignés révélaient tout ce que sa chair avait de plébéien.

— Donne-moi de l'argent, dit-elle en tirant sa robe étroite le long de ses hanches.

Il ne bougea pas, même quand elle prit son

portefeuille dans la poche du veston. Il la vit qui comptait quatre, cinq, six billets de cent francs et qui les glissait dans son sac. Des tramways montaient et descendaient sans répit l'avenue du Jardin-Botanique, leur grosse lanterne allumée.

— Tu ne veux pas que je fasse servir quelque chose?

Elle se tourna vers lui, étonnée.

— Eh bien! tu ne réponds pas? Tu es bête!...

Non, il ne répondait pas! Il la regardait d'un œil et elle était ennuyée de ne pas savoir ce qu'il pensait.

— A ce soir...

Il ne bougea pas, tandis qu'elle jetait un manteau de fourrure sur ses épaules.

— Tu ne peux pas me dire au revoir?

Elle éteignit la lumière dans la salle de bains, chercha ses gants et laissa tomber un regard sur le panorama désolé du jardin botanique.

— Tant pis!

Il n'était plus le même non plus! A bord du *Théophile-Gautier,* il faisait jeune, élégant. C'était un garçon de trente-cinq ans, très mince, aux cheveux noirs, au nez un peu fort.

— Tu es turc?

— Je suis d'origine portugaise.

Il était spirituel, ou plutôt il avait un scepticisme assez éblouissant. Quand elle lui avait dit qu'elle était danseuse, il lui avait demandé dans quel cabaret du Caire elle avait travaillé.

— Au *Tabarin!*

— Mille francs par mois et le pourcentage sur le champagne, avait-il déclaré.

C'était exact! Il connaissait Le Caire. Il connaissait

14

Bucarest où elle était restée deux mois au *Maxim*. Il lui parlait des gens avec qui elle avait fait la bombe.

— Tu es riche?

— Je toucherai deux cent mille francs en arrivant à Bruxelles.

Rien du tout! C'était fini! Il était malade! Il était morne! Il était laid!

— A ce soir...

Elle laissait ses bagages dans l'appartement. En passant devant la porte de Van der Chose, elle y jeta un coup d'œil et vit d'épais journaux hollandais qui dépassaient de la boîte aux lettres.

Elie ne s'occupait pas d'elle. Il regardait le plafond, puis la fenêtre, puis les lampes éteintes. Il hésitait à se moucher tant cela lui faisait mal. Il sentait les gouttes de sueur percer lentement sa peau et couler le long de son corps.

— Je voudrais une voiture, dit-elle au portier.

— Un taxi?

— C'est pour aller à Charleroi.

— Dans ce cas, je vais vous donner une grosse voiture à forfait.

Le hall était éclairé, lui aussi. Sylvie attendit en se promenant devant les vitrines cerclées de cuivre. Peu après, elle prit place dans une ancienne auto de maître que conduisait un chauffeur en livrée.

— Allez d'abord au *Bon Marché*.

Et au *Bon Marché* on laissait allumés les globes dépolis. Ce n'était ni le jour, ni la nuit. Les portes tournantes envoyaient de l'air froid. Les vendeuses avaient des tricots de laine sous leur robe.

Sylvie ne savait pas ce qu'elle voulait. Elle acheta des pantoufles en cuir bleu, un pull-over, deux pipes, des bas de soie artificielle et un sac à main. Elle faisait très grande dame, drapée dans son manteau de fourrure.

— Ce sont des cadeaux, expliqua-t-elle à la vendeuse qui la suivait jusqu'à l'auto en portant les paquets.

La voiture sortit de la ville, roula vers Charleroi, à travers la forêt où la neige avait tenu. Les vitres se ternissaient. Sylvie les essuyait de la main pour regarder le paysage, surtout quand on aperçut les premiers terrils de charbonnages et les premiers corons.

Comme on entrait dans la ville, elle ouvrit son sac et se refit une beauté.

— Tournez à gauche, commanda-t-elle. Encore à gauche. Maintenant, traversez le pont. Suivez les rails du tram...

Au flanc des grands cônes noirs des houillères qui se dressaient sur le ciel, des traînées de neige persistaient comme un eczéma. On suivait une rue interminable, bordée de maisons pareilles, à un étage, dont les briques brunes étaient devenues noires. Parfois des bennes suspendues à des câbles passaient au-dessus de la chaussée, ou bien c'était un petit train qui la traversait tandis qu'un ouvrier agitait un chiffon rouge devant la machine.

Ce n'était ni la campagne, ni la ville. Entre deux maisons, une sorte de terrain vague s'ouvrait, mais ce n'était pas un terrain vague : c'était un charbonnage. On était dans une usine sans fin. On entendait des halètements de machines.

— Arrêtez en face du 53.

La maison ressemblait aux autres. A la fenêtre du

rez-de-chaussée, des rideaux très blancs encadraient un pot de cuivre d'où émergeait une plante verte. Le chauffeur voulut sonner.

— Non! Prenez les paquets...

Et Sylvie fit vibrer la boîte aux lettres, tout en regardant par la serrure. Une femme d'une quarantaine d'années ouvrit la porte et regarda un instant la visiteuse sans cesser d'essuyer ses mains mouillées à son tablier de toile bleue.

— Tu ne me reconnais pas, maman?

Sylvie l'embrassait. Sa mère se laissait faire, plus ahurie qu'émue, puis regardait le chauffeur.

— Qu'est-ce que c'est?

— Quelques petits cadeaux... Donnez, Jean!... Vous irez déjeuner en ville, puis vous viendrez me prendre...

Au fond du corridor, la porte vitrée de la cuisine était ouverte. On apercevait un jeune homme qui avait les pieds dans le four de la cuisinière et un livre sur les genoux.

— Monsieur Moïse, dit la mère.

On eût dit qu'elle hésitait à ajouter :

— Ma fille, qui revient d'Egypte... C'est bien en Egypte que tu étais en dernier lieu?

M. Moïse s'était levé et s'enfuyait déjà, gagnait le premier étage.

— Tu tiens toujours des chambres garnies?

— Comment crois-tu que nous vivrions?

Il y avait une énorme marmite à soupe sur le feu, à côté de la cafetière toujours pleine. Sylvie avait glissé son manteau sur une chaise et sa mère, sans en avoir l'air, palpait la fourrure.

— Pourquoi as-tu dit au chauffeur de revenir?

— Il faut que je reparte.

— Ah! bien...

Maintenant, Mme Baron remplissait une tasse de café, machinalement, comme elle le faisait quand n'importe qui entrait chez elle. Elle était en tenue de travail : une vieille robe sombre et un tablier de toile bleue. Sylvie défaisait ses paquets, découvrait les pantoufles.

— Elles te plaisent?

Et la mère, les regardant à peine :

— Tu crois que je vais m'habiller en carnaval?

— Où est Antoinette?

— Elle fait les chambres.

— Non!

Antoinette descendait, un seau et un torchon à la main, regardait sa sœur en silence et s'écriait :

— Mince!

— Quoi?

— Je dis mince! Ce que tu es nippée!

Elles s'embrassèrent distraitement, Antoinette lorgnait les pantoufles bleues.

— C'est pour moi?

— Puisque maman ne les veut pas... Je t'avais apporté des bas, une combinaison...

Sylvie déficelait les paquets sans enthousiasme. Une pipe roula par terre et se cassa.

— Père va rentrer?

— Pas avant ce soir. Il fait le train d'Ostende. J'espère que tu l'attendras?

— Pas aujourd'hui. Je reviendrai.

Sa mère la détaillait avec méfiance. Sa sœur, assise sur une chaise, jupes haut troussées sur ses cuisses maigres, essayait les nouveaux bas. Il y avait une odeur de soupe, un bruit régulier d'eau qui bout, de feu qui tire bien.

— Toutes tes chambres sont occupées?

— Tu n'as pas vu l'écriteau? Il y en a une à louer, celle du rez-de-chaussée, la plus chère, bien entendu. A l'heure qu'il est, les étrangers n'ont pas le sou. Tu as vu M. Moïse, qui vient étudier dans la cuisine pour économiser du feu! Mets la table, Antoinette. Nous mangerons avant que les locataires reviennent...

— Tu leur fais encore la pension?

— Il y en a deux qui mangent à midi. Autrement, ils me demandent de l'eau chaude pour faire du café ou cuire des œufs et c'est une saleté dans leur chambre.

Mᵐᵉ Baron était courte, basse de reins. Antoinette, plus petite et plus mince que sa sœur, avait des traits irréguliers et des yeux clairs qui riaient toujours.

— Tu te mets du rouge, maintenant? remarqua Sylvie.

— Pourquoi pourrais-tu en mettre et moi pas?

— Cela ne te va pas. A ton âge...

— Surtout qu'à mon âge tu n'étais pas déjà maquillée!...

La mère passait sa soupe, sur le coin du feu. Il faisait chaud. Une petite cour s'étalait au-delà de la fenêtre et la neige qui fondait sur le toit tombait en grosses gouttes transparentes.

La main en cornet, la voix discrète, le portier du *Palace,* à Bruxelles, murmurait dans le téléphone :

— Allô! monsieur Van der Cruyssen? Il y a en bas M. Blanqui qui voudrait vous parler. Je le fais monter?... Voulez-vous monter, Monsieur? Appartement 413, au quatrième...

Elie avait fini par s'arracher à son lit aux draps ramollis. Il avait entouré son cou d'un foulard et, les pieds dans des pantoufles, il ne savait où se mettre, ni que faire. Il avait entendu qu'on parlait au téléphone, dans l'appartement voisin. Un instant, il resta devant la fenêtre, à regarder la ville sale et grise, l'étang du jardin botanique où les cygnes s'ennuyaient et le vacarme des tramways et des autos résonnait dans sa tête vide.

— Entrez!

C'était à côté. Les deux appartements, qui n'en faisaient qu'un à l'occasion, n'étaient séparés que par une porte fermée au verrou. On entendait aussi nettement les voix que la sonnerie obsédante des tramways.

— Comment allez-vous? Je suis en retard, mais j'ai dû passer à la banque...

Elie écoutait sans écouter. Il avait chaud et froid. Il faillit prendre un bain, mais le courage lui fit défaut.

— Vous partez toujours cette nuit?

— Au dernier train de Paris. Qu'est-ce que vous buvez? Porto?

La voix parla au téléphone relié directement avec le sommelier.

Quand ce fut fini, Elie en fit autant et commanda un grog. Il vit son visage dans le miroir et s'étonna de le trouver si laid. Il est vrai qu'il n'était pas rasé et que le foulard mauve accusait la défaite de ses traits.

— Comme vous me l'avez recommandé, j'ai pris des billets français...

Elie se pencha pour regarder par la serrure. Il aperçut un petit homme, qui avait l'air d'un comptable, et qui posait sur la table du salon voisin dix paquets de billets.

— Comptez...

M. Van der Chose, en robe de chambre de soie noire, les pieds chaussés de cuir rouge, fit sauter rapidement chaque liasse, en homme habitué à manier des bank-notes. Puis il ouvrit une serviette en porc et y serra les billets.

— Entrez!

C'était le sommelier, avec une bouteille de porto et une bouteille de rhum. Le rhum, c'était pour Elie, qui fit quelques pas en arrière et dit à son tour :

— Entrez!

On commençait à déjeuner, chez les Baron, mais la mère restait debout, comme méfiante, servant ses filles et les deux locataires, M. Domb et M. Valesco, qui venaient de rentrer. Les deux hommes regardaient Sylvie avec curiosité. Celle-ci riait de leur étonnement et de la mine renfrognée d'Antoinette.

— Vous connaissez Bucarest? murmurait Plutarc Valesco, qui était roumain.

— Aussi bien que vous! Je connais même presque tous vos ministres.

— C'est un beau pays, n'est-ce pas?

— Peut-être, mais tout le monde est fauché...

Assis sur le bras d'un fauteuil, Elie buvait son grog brûlant à la cuiller et regardait l'avenue du Jardin-Botanique, qu'envahissait la foule de midi. De minuscules flocons de neige recommençaient à tomber du ciel jaune.

— Au revoir... Bon voyage...

— Merci... A mercredi...

Et l'eau coula avec fracas dans la salle de bains de M. Van der Chose.

Il n'était pas trois heures et demie, ce jour-là, quand la nuit tomba tout à fait et trouva Elie étendu sur son lit, les yeux au plafond sur lequel se jouaient des reflets de la rue.

A quatre heures, le portier le vit passer et remarqua qu'il n'était pas rasé. Peut-être même n'avait-il pas mis du linge propre, car il avait un aspect déjeté.

— Si Madame revient, que dois-je lui dire?

— Rien... Je rentrerai...

Il avait les pommettes rouges, comme un tuberculeux.

L'auto roulait sur la route dont les phares éclairaient la perspective mouillée. La glace était ouverte, entre l'arrière et le chauffeur.

— Je suis né tout près, à Marcinelles, expliquait celui-ci. J'en ai profité pour aller voir mon frère. J'ai bien pensé que vous n'étiez pas pressée.

— Qu'est-ce qu'il fait?

— Pas grand-chose. Il est employé à l'usine à gaz.

On entra dans Bruxelles. On frôla des cafés éclairés. On contourna des refuges où brillait le casque blanc des agents.

— Monsieur vient de sortir, annonça le portier, comme Sylvie marchait vers l'ascenseur.

— Ah! Il n'a rien dit?

A huit heures, il n'était pas rentré et elle descendit au grill où elle se trouva à deux tables de Van der Chose. Elle ne mangea qu'une salade de homard et dix fois elle sentit le regard du Hollandais qui la détaillait. Mais quand elle sortit et se promena dans le hall, allant d'une vitrine à l'autre, il ne la suivit pas.

Elle remonta chez elle. Peu après, elle l'entendit qui bouclait ses malles et donnait des ordres au valet de chambre.

— Non, pas au sleeping. Il n'y en avait plus de libre... Couchette première classe... Vous m'en retiendrez une face à la locomotive...

Elle changea de robe, en soupirant. Elle était lasse, peut-être morne. Elle ne revenait pas. Elle compta la monnaie qui restait dans son sac : cent quinze francs.

Sans trop savoir où elle allait, elle se dirigea vers l'ascenseur et, en bas, s'arrêta pour remettre sa clef au portier.

— Dommage qu'il doive partir! lui dit-il comme s'ils eussent toujours été des amis.

— Pourquoi?

— Il m'a demandé qui vous étiez. Il est fort impressionné. Mais il n'aime pas M. Elie.

Elle haussa les épaules, tendit sa cigarette pour qu'il lui donnât du feu. Van der Chose, à ce moment, sortit de l'ascenseur, hésita un instant, s'approcha du portier en disant à la jeune femme :

— Vous permettez?

— Vous partez déjà? questionna le chef de la livrée.

— C'est nécessaire.

Il appuya sur ces mots, avec un regard à Sylvie. En même temps, il tendait au concierge des billets chiffonnés dans le creux de sa main.

— A la semaine prochaine...

Il fit dix pas dans le hall, hésita encore, se retourna

puis, avec un haussement d'épaules, se dirigea vers la porte tournante.

— C'est un des gros financiers d'Amsterdam, disait le portier à Sylvie. Il vient tous les mercredis. Si vous êtes encore ici la semaine prochaine...

Elle battit les cils, soupira :

— Quand M. Elie reviendra, dites-lui que je suis au *Merry Grill*... Ou plutôt ne lui dites rien du tout... Cela lui apprendra à me laisser tomber... Chasseur! Un taxi...

Il neigeait à gros flocons qui fondaient en touchant l'asphalte. Des trains sifflaient, à cent mètres, sur les voies de la gare du Nord.

II

C'est devant les vitrines d'un magasin de tabac, au coin de la rue Neuve, sur le trottoir, dans la bousculade, près d'un gamin qui vendait des billets de tombola, qu'Elie eut soudain la révélation du chemin parcouru depuis Stamboul. Les vitrines étaient comme gonflées de marchandises et, parmi les boîtes superposées, il y en avait de blanches qui portaient le mot *Abdullah*.

Or, à Péra, dans la grande rue, le restaurant à la mode porte, lui aussi, le nom d'*Abdullah*. Elie y avait encore soupé la veille de son départ, avec des amis. Il connaissait tout le monde. Il serrait des mains à toutes les tables.

— Je m'embarque demain.

— Veinard!

— Ce ne sont pas des cigarettes turques, dit-il en regardant la boîte qu'on lui tendait.

— Ce sont des égyptiennes. C'est encore meilleur.

— Il n'y a pas de tabac en Egypte.

— Pas de tabac en Egypte? Alors...

— Il n'y a pas de tabac en Egypte, répéta-t-il au gros bonhomme qui étouffait d'indignation. Les Egyptiens importent du tabac turc et bulgare.

Il se demanda pourquoi il racontait cela. Il se replongea dans la foule de la rue Neuve et il marcha, il pataugea plutôt, en s'arrêtant aux vitrines, surtout à celles qui avaient des glaces, pour s'y regarder.

Il portait un pardessus en poil de chameau, un chapeau en beau feutre, un complet bien coupé.

Pourquoi tout d'un coup se trouvait-il misérable? A cause de sa barbe de deux jours? A cause de son visage d'enrhumé?

En tout cas il se trouvait laid, piteux. Quelqu'un le bouscula et il geignit comme si on l'eût battu.

Il cherchait une bijouterie. Il en vit plusieurs, mais il n'entra que dans la quatrième où il posa sur le comptoir un morceau d'or de la taille d'une noisette. C'était le lingot de Sylvie. Elle l'emportait partout avec elle depuis deux ans, pour le cas où elle se trouverait sans argent dans une ville étrangère.

Le bijoutier en donna treize cents francs belges et Elie se retrouva dans la rue, avec des heures et des heures à passer.

Il ne se souvenait pas de la vie à bord. C'est-à-dire qu'il s'en souvenait comme si cela se fût passé dans un autre monde, ou mieux comme si ce fût arrivé à un autre.

Il n'y avait plus que Bruxelles, le froid, le rhume, et ces trottoirs étroits dont il fallait descendre à chaque instant pour ne pas bousculer quelqu'un, et ces vitrines si pleines de victuailles qu'il en avait la nausée, et ces cafés aux tables de marbre livide.

Il ne pensait pas :

— Je vais faire ceci. Ensuite je ferai cela!

Et pourtant il sentait qu'il ferait quelque chose et il devinait ce qu'il ferait. Il était hargneux. Il l'avait prouvé avec les cigarettes. Il le prouva pour une question de grog.

Il était entré dans une brasserie de la place de Brouckère. La salle était comme le hall d'une gare. Au milieu, un verre à bière haut de six ou sept mètres laissait déborder sans fin une mousse laiteuse et deux ou trois cents personnes étaient attablées alentour. Il y avait de la musique. Les verres et les soucoupes s'entrechoquaient. Les garçons passaient en courant.

— Un grog, commanda Elie.

— Nous ne servons que des grogs au vin.

— Et vous appelez ça des grogs?

— Il est interdit de débiter de l'alcool par moins de deux litres.

— Donnez-m'en deux litres...

— On n'en vend pas dans les cafés.

— Allez vous faire pendre!

D'ailleurs, dans cette salle crûment éclairée, il ne savait où se mettre, ni comment se tenir. Il marcha. Dans sa poche, sa main faisait le geste d'étreindre quelque chose. Boulevard Adolphe-Max, il s'arrêta devant une vitrine qui contenait des outils astiqués comme des bijoux et il entra dans le magasin, prononça sans hésiter :

— Je voudrais une clef anglaise.

Il en choisit une très forte, qu'il soupesa, non comme une clef anglaise, mais comme un marteau. Elle était de marque américaine et il la paya soixante-deux francs.

Sous son manteau, il était trempé de sueur. Et cependant il avait froid! C'était comme pour la faim. Il avait faim et quand il s'arrêtait devant une

27

charcuterie ou un restaurant, son estomac se soulevait de dégoût.

— Demandez la liste des gagnants de la grande tombola de...

La foule qui circulait dans les rues lui faisait l'effet d'un troupeau désorienté. Il regarda les photographies d'artistes dans le hall des cinémas. Une des vedettes était venue à Stamboul et il faisait partie de la bande des jeunes gens avec qui elle était sortie le soir. Mais ce n'était déjà presque plus vrai.

Il connaissait l'heure du train. Néanmoins il alla à la gare s'en assurer à nouveau : 0 h 33.

A minuit, la gare était vide, mal éclairée, et les balayeurs en avaient pris possession.

— Première Paris, dit-il.

— Aller et retour?

Il n'y avait pas pensé. Cela le frappa.

— Aller et retour, oui!

Il s'arrêta devant la charrette de la loueuse d'oreillers et en prit deux, ainsi qu'une couverture. Ils n'étaient pas dix voyageurs sur le quai. La gare était silencieuse. Une locomotive manœuvrait tout au bout des voies, dans l'enchevêtrement des feux verts, rouges et jaunes. Il y avait des courants d'air.

Dans un wagon, Elie reconnut le chasseur du *Palace* qui gardait une place et il pénétra dans le même compartiment, choisit la place d'en face.

Il était parfaitement calme.

En entrant, M. Van der Chose avait regardé Elie et sans doute avait-il reconnu le jeune homme aperçu au *Merry Grill*. C'était sans importance!

Il y avait quatre couchettes, deux en dessous, deux au-dessus, mais ils n'étaient que deux voyageurs et les couchettes supérieures restèrent inoccupées. C'était un hasard que le train fût à peu près vide et pourtant Elie ne s'en étonna pas. On eût dit qu'il avait prévu ce détail.

M. Van der Chose commença par placer sa serviette en porc sous son oreiller. Ensuite il ouvrit une valise plate et y prit un veston d'intérieur en lainage bleu marine, des pantoufles de voyage et une bouteille d'eau de Spa.

Il était grand, assez gros. Son visage était couperosé, couronné de cheveux blonds qui devenaient rares.

— Vos billets, s'il vous plaît, messieurs.

Le train démarrait. Van der Chose tendit son billet. L'employé remarqua :

— Il n'y avait plus de sleeping?

Il le connaissait, lui parlait avec une familiarité déférente. C'est à peine s'il regarda Elie en faisant un trou dans son ticket de carton.

— Bonsoir, messieurs...

Et en sortant il avait tiré les rideaux bleus. Van der Chose, en pantoufles et en veston d'intérieur, alla au lavabo, mais emporta sa serviette avec lui. A son retour il se coucha calmement, but une gorgée d'eau qu'il fit rouler dans sa gorge avant de l'avaler et plaça la bouteille à portée de sa main.

Il avait mis la lampe en veilleuse, après un dernier regard à Elie qui s'était couché tout habillé. Le train roulait. Les tuyauteries de vapeur surchauffaient le compartiment où déjà, par des fissures invisibles, giclaient des filets d'air glacé.

La main droite d'Elie, dans sa poche, serrait la clef anglaise, mais en réalité il ne pensait à rien. Il fermait les yeux à demi et il voyait l'ampoule bleue de la veilleuse qui baignait l'air d'une lumière théâtrale.

Les bruits du train, en se rythmant, devenaient musique, une musique très ample rappelant plutôt des grandes orgues qu'un orchestre.

Van der Chose, la bouche entrouverte, avait une respiration régulière de dormeur et une de ses mains pendait, une main courte et rose, aux ongles carrés, ornée d'une chevalière en platine et d'une alliance.

Elie vit l'alliance. Cela ne lui fit rien du tout. Il ferma les yeux, releva le col de son manteau en poil de chameau et commença à suer.

Le train s'arrêtait déjà. Des gens couraient. A travers les rideaux on devinait des lumières. A travers les cris on devinait aussi le mot :

— Mons...

Une femme essoufflée fit irruption dans un compartiment du même wagon et on l'entendit qui hissait péniblement ses valises dans le filet.

Quand Elie se réveilla, la porte s'ouvrait avec fracas et une voix prononçait :

— Frontière! Passeports, cartes d'identité...

Van der Chose, appuyé à un coude, tendit une carte qu'il avait toute prête.

— Merci beaucoup.

Elie montra son passeport, dont l'homme fit voleter les feuillets d'un doigt distrait.

— Merci...

Le train roulait, s'arrêtait à nouveau. On criait :

— Feignies! Les voyageurs pour...

— Douane française. Vous n'avez rien à déclarer?

Van der Chose était moins rose. La porte ouverte avait brouillé la chaude atmosphère. Le sommeil était mal dissipé et collait encore à la peau.

Pourtant il tendit son étui qui contenait six beaux cigares de Hollande.

— Bon. Rien d'autre? Dans cette valise?

— Des effets usagés...

Elie, qui n'avait pas de bagages, tendit sa boîte de cigarettes et le douanier sortit, referma la porte.

Toute une foule grouillait sur le quai dans un fouillis de voix, de pas, d'appels. Une femme affolée demandait :

— Le train ne part pas tout de suite?

— A trente-deux...

Elie se recoucha, après avoir mis la lampe en veilleuse. Le sommeil de Van der Chose était plus agité. Deux ou trois fois il changea de côté. Mais, quand le convoi roula vers Paris, il retrouva son assiette et un ronflement agita ses lèvres.

Elie avait les yeux ouverts. Ses mains étaient si moites que les doigts avaient englué l'acier de la clef anglaise. Il regardait surtout l'ampoule bleue dont on distinguait le filament lumineux sous le verre.

Dans les tournants, tout son corps pesait contre la cloison tandis que son compagnon, au contraire, semblait sur le point de rouler sur le plancher.

Il rabattit le col de son pardessus, mais de l'air froid qui glissait sur sa nuque le força à le relever.

— Saint-Quentin!... Saint-Quentin!... Les voyageurs pour Compiègne, Paris...

Il sortait tout doucement du compartiment. Le couloir était glacé. Une vitre était baissée. Au-delà, dans le noir, des becs de gaz piquetaient la ville invisible.

« Il n'y a pas de neige », remarqua Elie.

Il longea le couloir de bout en bout. Les rideaux de tous les compartiments étaient tirés. Il entra au lavabo et se regarda dans la glace. Il essaya d'uriner et il n'y parvint pas, sans doute parce qu'il était trop nerveux.

Quand il reprit sa place, le train roulait, Van der Chose ronflait, sa serviette de porc, sous sa tête, faisait parfois entendre un léger craquement.

Elie alluma une cigarette. La flamme du tison n'amena même pas un frémissement sur le visage de son compagnon.

Il n'y eut pas un moment précis où il prit une décision. Non! Il tira quelques bouffées de sa cigarette. La fumée avait un goût spécial qu'il reconnaissait, car elle avait toujours ce goût-là lorsqu'il était enrhumé. Il jeta un bref coup d'œil aux rideaux qui le séparaient du couloir.

La clef anglaise avait pris la température de sa main. Le train courait à toute allure en pleine campagne. Sans même se lever tout à fait, la pointe des fesses encore sur sa couchette, Elie leva son outil qu'il tint une seconde en suspens, le temps de viser le milieu du crâne, et il frappa aussi fort qu'il put.

Ce qui arriva alors fut si inattendu qu'il faillit éclater d'un rire nerveux. Les paupières de Van der Chose se soulevèrent lentement. Ses prunelles parurent. Et ce fut un regard étonné qui filtra dans la lumière bleue, simplement le regard d'un homme qui ne comprend pas pourquoi on le réveille. Et pourtant un filet de sang, se faufilant entre les cheveux, atteignait son front!

Il essaya de bouger, pour voir ce qui se passait. Elie frappa à nouveau, deux fois, trois fois, dix fois, avec colère, à cause de ces stupides yeux calmes qui le regardaient.

S'il s'arrêta, ce fut à bout de souffle, parce qu'il n'en pouvait plus. La clef anglaise échappait à ses mains moites. Il s'assit, tourné vers la glace, et reprit sa respiration. En même temps il tendait l'oreille, il tendait tous ses nerfs. Y avait-il encore une autre respiration que la sienne dans le compartiment? Il espérait que non. Il n'avait pas envie de recommencer. Son poignet lui faisait mal.

Sans regarder le corps, il baissa le rideau, puis la vitre. Il remarqua que, s'il n'y avait pas de neige à Saint-Quentin, les champs, ici, étaient blancs, à perte de vue, et le ciel aussi clair qu'un ciel de glace.

Son pardessus gênait ses mouvements. Il le retira. Puis, en évitant de voir les détails, il essaya de soulever Van der Chose. Son idée était de le faire basculer par la fenêtre et de le jeter sur le ballast. Il s'y reprit à trois fois. Contrairement à ce qu'il avait toujours cru, le corps était mou et, au lieu de se soulever, il se pliait en deux.

Quand Elie le lâcha, le torse glissa sur le plancher tandis que les jambes restaient sur la couchette.

Soudain fébrile, il remit son pardessus, ouvrit la serviette de porc et y prit les liasses de billets neufs qu'il poussa dans ses poches.

Il ne voulait pas rester une minute de plus dans le coupé. Il ne pensa même pas à fermer la fenêtre. Il sortit. Il franchit le couloir, puis un soufflet où il reçut de l'air glacial et où il y avait d'ailleurs des perles de glace sur les ferrures.

Il traversa ainsi tout le train et ne s'arrêta que devant la porte du fourgon.

Déjà il pensait : « J'ai oublié de fermer la glace! A Compiègne, des employés peuvent le voir en passant sur le quai... »

Il n'osait pas entrer dans un de ces compartiments aux rideaux tirés. Il s'enferma dans un lavabo où la lumière était si vive qu'il essaya en vain de l'éteindre. Il n'y avait pas de commutateur. Par contre il y avait un miroir dans lequel il se voyait malgré lui.

« J'ai oublié de tirer le rideau... J'ai oublié de tirer le rideau... J'ai... »

Il ne pensait rien d'autre. Il le pensait à la cadence des bruits du train.

« A Compiègne un employé pourrait... A Compiègne un employé pourrait... »

Il rabattit le couvercle et s'assit les jambes croisées, renversé en arrière pour s'appuyer à la cloison.

Quand le train s'arrêta, en gare de Compiègne, il sursauta, car il s'était assoupi. Il entendit courir. Il entendit crier. Mais il était bien décidé à ne pas faire un mouvement. Il n'en avait pas la force. Il avait sommeil. Il avait la fièvre. Le train repartait.

« A Compiègne un employé pourrait... »

Cela ne comptait plus. On avait dépassé Compiègne. Dans une heure on serait à Paris.

Il n'avait aucun plan. Il n'essayait pas de faire des projets. Il avait seulement besoin de s'étendre et de dormir.

« A Compiègne un employé pourrait... »

C'était idiot! Il n'y avait plus de raison de penser à

cela. On allait arriver. On arrivait. On devait déjà traverser la grande banlieue.

Il fit un grand effort et sortit des lavabos, vit en effet des immeubles de quatre ou cinq étages se dressant, isolés, à l'orée des champs. Il y avait des lumières à certaines fenêtres : des ouvriers, sans doute, qui commençaient leur travail de bonne heure.

Le couloir était vide. Un employé passa sans le regarder. La vitre était si froide qu'il dut retirer son front, car cela lui figeait quelque chose dans la tête.

« A Compiègne un employé pourrait... »

Quelqu'un entra dans le lavabo dont la porte heurta le dos d'Elie. Il y eut des bruits d'eau. Une femme vint secouer la même porte en dépit du mot « occupé ».

On passait sous des ponts. On aperçut un tramway éclairé dans une rue aux pavés mouillés. Ici non plus il n'y avait pas de neige.

Le convoi ralentissait. Derrière Elie, il y avait une paysanne chargée de valises.

Le vacarme décuplait, parce qu'on pénétrait dans le hall de la gare du Nord. Un quai s'amorçait. Elie ouvrit la porte et resta quelques secondes, hésitant, cependant que la femme murmurait :

— Attention...

Il sauta. Il n'était pas le premier. Déjà un voyageur courait vers la sortie, une valise à la main. L'employé prit le billet sans mot dire. Elie se retourna, vit, à côté de son train, un autre train dans lequel montaient des gens. Il lut, sur le panneau : *Namur, Liège, Cologne, Berlin.*

Personne ne le regardait.

Il ne réfléchit pas. Il se mit à courir. Déjà le train

s'ébranlait par saccades. Il sauta sur le marchepied, pénétra dans un wagon de troisième classe où deux femmes buvaient du café contenu dans une bouteille Thermos.

Une banquette entière était libre. Il s'y étendit, serré dans son pardessus en poil de chameau. Quand il se réveilla, il faisait jour. Un employé le secouait.

— Billet, s'il vous plaît...

Les deux femmes, qui étaient en deuil, le regardaient en souriant. Billet? Il fut quelques secondes à ne savoir que dire. Puis il se souvint de l'employé de Bruxelles qui avait demandé :

— Aller et retour?

Il fouilla ses poches. Sa main rencontra des liasses de billets de banque. Tout au fond, il trouva un carré de carton.

L'employé examina celui-ci, puis le voyageur.

— C'est une première, dit-il.

Evidemment : Elie sourit pour s'excuser. Les deux femmes comprenaient enfin pourquoi il avait un si riche pardessus.

— Troisième voiture en tête... expliqua le fonctionnaire. Ici, vous devez descendre pour la douane, tandis qu'en première la visite se fait dans le train...

Il avait soif. Son cou était raide. Il avait dû attraper un torticolis. Il longea à nouveau des couloirs. Il vit de la campagne blanche de neige et, par-ci par-là, une maison basse à la cheminée fumante.

Dans chaque soufflet, il recevait un nouveau courant d'air. Tout un wagon de première était vide. C'était sinistre, car il faisait à peine clair.

Etait-il déjà tard? Approchait-on de la frontière?

« A Compiègne un employé pourrait... »

Il avait besoin de boire, coûte que coûte. Il courut au lavabo. Il y avait de la suie sur la faïence de la cuvette. Il tourna le mince robinet à droite et il en sortit de l'eau bouillante. Il le tourna à gauche. Il vint de l'eau tiède, grisâtre, et il en prit dans le creux de sa main, l'aspira. Elle avait un goût de train et de fièvre.

Le convoi était arrêté. Elie sortit en hâte, par crainte d'être découvert dans les lavabos, heurta un homme en pardessus gris.

— Vous êtes dans ce wagon?

— Oui...

— Passeport, carte d'identité... Parfait...

— Rien à déclarer? Bijoux, valeurs, objets neufs...

— Rien.

Il dormait debout. Il était sale. Son mouchoir n'était plus qu'une petite boule détrempée.

Jeumont... Erquelines... Des maisons en briques rouges... Des fenêtres garnies de rideaux très blancs et de pots de cuivre... Estaminet... Café de la gare... des uniformes kaki au lieu d'uniformes bleus...

Et la Meuse qu'on suivait, avec des trains de bateaux que tiraient des remorqueurs sifflant tout ce qu'ils pouvaient devant les écluses...

La porte s'ouvrit. Un jeune homme en uniforme sombre demanda :

— Petit déjeuner?... Le service commencera tout de suite après Namur...

— Merci...

Il prit quand même le ticket rouge qu'on lui offrit, mais il descendit à Namur. Il ne savait pas l'heure. L'énorme horloge de faïence glauque marquait onze heures de ses aiguilles qui semblaient peintes à l'encre de Chine.

— A quelle heure y a-t-il un train pour Bruxelles?

— A midi douze.

Il n'eut pas le courage de sortir de la gare. Il s'installa dans la salle d'attente, celle des troisièmes, où il y avait plus de monde. Les gens traînaient avec eux des parapluies mouillés et il y avait des rigoles d'eau par terre, les bancs vernis suaient l'humidité.

Au-delà d'une porte vitrée, des garçons en tablier blanc circulaient avec des plateaux parmi des tables dressées.

Mais Elie n'osa pas s'asseoir. Il s'arrêta devant le buffet, désigna des sandwiches.

— Un pistolet? demanda une jeune fille grassouillette.

— Pourquoi dites-vous un pistolet? répliqua-t-il, hargneux.

— Parce que c'est un pistolet.

— C'est un sandwich! Donnez-moi trois sandwiches.

Il n'en mangea même pas la moitié d'un en errant dans la salle d'attente des troisièmes.

Quand il arriva à Bruxelles, il faisait noir. Il ne reconnut pas la gare, car il arrivait sur une autre voie. Dans la rue, il pleuvait, ou plutôt il tombait un fin brouillard de neige fondue qui rendait l'air opaque.

— Taxi... *Palace... Astoria... Grand-Hôtel.*

Il fit un détour pour ne pas passer près du pisteur du *Palace.* Au lieu de suivre les grandes artères, il tourna à gauche, puis encore à gauche et se trouva dans des ruelles où s'alignaient des cafés pauvres et des fritures.

Des gens, assis devant du café ou de la bière, attendaient l'heure de leur train.

— Vous avez le téléphone?

— Au fond, à droite... Demandez un jeton à la caisse...

Il ne savait pas se servir de son jeton. En Turquie, il n'y a pas de jetons. Il est vrai qu'il pensait à la Turquie comme à un pays où il n'eût jamais mis les pieds!

— Dites, patron...

— Je vois! Vous êtes étranger... Quel numéro voulez-vous?

— Le *Palace*...

— Allô!... Le *Palace?* Donnez-moi Mme Sylvie à l'appareil... Vous dites?... Elle est sortie?... Je téléphonerai tout à l'heure... Non, il n'y a pas de commission.

Il aurait bien voulu boire un grog. C'était une idée fixe. Mais il n'y avait rien à faire et il se laissa servir un verre de bière, dans un coin du bistro, près de la cabine téléphonique. Il y avait une horloge en face de lui, un peu en biais, au-dessus du comptoir de chêne verni. Quand une demi-heure fut écoulée, il téléphona à nouveau. Puis encore une demi-heure plus tard.

A huit heures du soir, il téléphonait pour la sixième fois quand on lui annonça :

— Je crois que j'ai aperçu Mademoiselle au grill. Ne quittez pas...

Le grill confortable et quiet, avec les petites lampes roses sur les tables, les flûtes de cristal contenant des fleurs, le dressoir rutilant d'argenterie, les nappes blanches, et l'énorme chariot d'argent dans lequel le maître d'hôtel traînait de table en table le plat du jour...

— Allô! Qui est à l'appareil?

Il la voyait très bien, dans la cabine, près du salon de lecture où il était défendu de fumer.

— Allô! s'impatienta-t-elle.

Elle était toujours la même! Elle devait porter sa robe de soie verte, si serrée aux hanches qu'il l'aidait toujours à la passer.

— Allô!...

Il fallait bien parler.

— C'est moi... souffla-t-il.

— Elie?... Ce n'est pas trop tôt!... Où es-tu?... Pourquoi ne viens-tu pas?...

— Chut... Je t'expliquerai... Il faut que tu me rejoignes près de la gare, au café... Attends...

Il sortit en courant de la cabine.

— Comment s'appelle ce café?

— *Au Bon Départ...*

Et lui, à l'appareil :

— *Au Bon Départ...* Tu trouveras... Mange d'abord...

Elle grognait. Elle répondait à regret :

— Bon!

Et maintenant elle devait traverser le hall en se demandant ce qu'il voulait.

— Donnez-moi quelque chose à manger, dit-il au patron.

— Je n'ai que du boudin blanc et du jambon...

Cela n'avait pas d'importance. Il avait faim. Il vida un demi d'une seule lampée, en grimaçant seulement

40

parce qu'il avait fait un mouvement brusque et que c'était bien un torticolis qu'il avait attrapé.

Pas une seule fois, de la journée, il n'avait pensé à Van der Chose!

III

Sylvie eut d'abord un mouvement de recul. Elle venait de payer son taxi. Elle s'était assurée d'un coup d'œil que l'enseigne du café portait bien les mots *Au Bon Départ*. Elle enjambait une flaque d'eau, sur le trottoir, quand la silhouette se détacha de l'ombre, à gauche de la porte éclairée, et murmura son nom.

Elle avait reconnu le pardessus jaune d'Elie. Elle avait reconnu sa voix. Mais, même sans voir son visage, elle sentait qu'il y avait quelque chose de changé.

La preuve, c'est qu'elle le suivit sans mot dire, alors qu'il pleuvait toujours et qu'il l'entraînait vers une rue en pente qui s'enfonçait dans un quartier désert.

Elle profita du premier bec de gaz pour l'observer et elle le vit détourner les yeux.

— Tu ne t'es pas rasé?

Le cercle de lumière était dépassé. Il fallait franchir cinquante mètres d'ombre pour retrouver un nouveau réverbère. Si loin que l'on voyait dans la rue, il en était ainsi et il n'y avait qu'une seule vitrine, celle d'une petite crémerie, pour rompre la régularité des lumières.

Sylvie serrait sa fourrure autour de sa taille. Elle marchait mal, à cause de ses hauts talons et des gouttes d'eau sale s'écrasaient sur ses bas comme de l'huile.

— Nous allons loin?

Il regarda en arrière. La rue était vide. On jouait du piano derrière les rideaux roses d'une chambre, à un premier étage.

— Avançons encore un peu... dit-il.

Il était inquiet. Tout en marchant, il posa sa main sur le bras de Sylvie, mais quelque chose n'alla pas : peut-être le fait qu'ils n'avaient pas le même rythme? Peut-être aussi Sylvie, occupée à tenir son manteau, ne présentait-elle pas bien le bras?

Elle l'observait toujours, à la dérobée. Elle savait que c'était grave.

— D'où viens-tu? questionna-t-elle, pour l'aider.

— Paris.

Il n'eût pas pu dire pourquoi la pluie le gênait pour parler. Il aperçut un portail assez profond à dix mètres à peine d'un réverbère, et il y entraîna Sylvie. Mais il ne l'embrassa pas. Il ne l'étreignit pas. D'ailleurs, il y avait une gouttelette d'eau sur chaque poil de sa fourrure.

Après avoir regardé dans tous les sens, il tira une poignée de billets de sa poche et les montra à sa compagne, en laissant peser sur elle un regard triste.

Elle ne comprit pas aussitôt. Elle toucha les billets de banque.

— Tu en as beaucoup?

— Cent mille...

Elle ne fixait pas le visage de son compagnon, mais son pardessus.

— Dans le train?

Ils se voyaient mal. La bruine, autour du bec de gaz, formait une auréole semblable à un nuage de moustiques. De l'eau coulait dans une gouttière, près d'eux.

— Oui... Van der Chose...

Elle leva lentement la tête, étonnée, mais pas trop, et ses yeux contenaient une interrogation.

— Oui... dit-il à nouveau tandis que sa main, dans sa poche, faisait le geste de serrer une clef anglaise.

C'était lui qui avait détourné le regard. Les pavés noirs luisaient à l'infini.

— Marchons... proposa Sylvie.

Et lui, tandis que leurs pas résonnaient dans la rue, entre les rangs de maisons égales :

— Cela doit être dans les journaux.

— Tu ne les as pas lus?

Il fit non de la tête et elle comprit qu'il n'avait pas osé les acheter. Il n'était pas nécessaire qu'il parlât. Elle savait qu'il avait besoin d'elle et que c'était pour cela qu'il était accouru. Elle savait qu'il attendait.

— Les frontières doivent être gardées... murmura-t-elle rêveusement. Marchons plus vite. Il y a une place éclairée, au bout de la rue. Il doit y avoir un café...

Il la suivit, les bras ballants. Elle réfléchissait. Avant d'arriver à la place dont on n'apercevait qu'un halo lumineux, elle s'arrêta un instant.

— Donne-m'en une partie!

Il lui tendit tout ce qu'il y avait dans une poche, c'est-à-dire à peu près la moitié du butin. Elle mit les billets dans son sac.

— C'est de l'argent français, remarqua-t-elle le plus simplement du monde.

Ils atteignaient un café tranquille que deux grands billards inoccupés rendaient plus désert. Le patron était assis près de la fenêtre avec un homme apoplectique, et la patronne, à la caisse, faisait du crochet.

— Entrons...

Ils avaient l'impression, tant il faisait calme à l'intérieur, de surprendre l'intimité d'un foyer. Quand ils furent assis dans le fond, derrière les billards, le patron se leva en soupirant et se dirigea vers eux.

— Deux cafés, commanda Sylvie.

Car désormais c'était elle qui commandait. Cela s'était fait naturellement. Elie, le col du pardessus relevé, regardait le plancher où des lignes courbes étaient dessinées par la sciure de bois. Il vit la jeune femme se lever et il ne se demanda même pas pourquoi. Elle marcha vers un meuble sur lequel des journaux étaient posés, roulés autour de tiges en bois verni.

Le patron les servait en silence. Le café tomba goutte à goutte des filtres en argent. Le client apoplectique se moucha dans son coin.

Sylvie, qui avait repris sa place, lisait le journal, tournait la page qui crissait.

— Mets-moi deux morceaux de sucre...

Il la servit et but son café, par contenance.

— Paie... dit-elle encore.

Le patron les observait, de loin, se demandant ce qu'ils venaient faire chez lui à pareille heure. Sylvie se leva. Elie la suivit et dans la rue elle commença par s'orienter, se dirigea vers le centre de la ville.

— Eh bien?

— Le contrôleur a donné ton signalement. Mais il ne t'a pas bien observé. Ce qui l'a surtout frappé, c'est ton pardessus jaune...

Du coup, Elie se trouva mal à l'aise dans son manteau et il regarda anxieusement autour de lui pour s'assurer qu'on ne l'épiait pas.

— Il a dit aussi que tu as un accent étranger, seulement il ne précise pas...

Tout en marchant, Elie faisait passer les billets, son mouchoir et un canif de la poche de son pardessus dans celle de son veston. Comme ils longeaient la palissade d'un terrain vague, il s'arrêta, regarda Sylvie :

— Ici?

— Si on le trouve, on saura que tu es à Bruxelles. Il faut aller le jeter dans le canal.

— Où est-ce?

— A l'autre bout de la ville.

Ils étaient maintenant dans une rue où un tram passait de temps en temps, rougeâtre, avec des gens impassibles à l'intérieur comme dans une boîte de verre.

— On peut prendre un taxi, affirma Sylvie qui marchait de plus en plus difficilement.

— Tu crois?

— J'ai une idée. Tu verras...

Elle en héla un, dit au chauffeur, en le regardant avec insistance :

— Au bois de la Cambre... Doucement...

On les prendrait pour des amoureux et c'était tout. Ils restaient immobiles dans l'obscurité de la voiture

46

dont la carrosserie gémissait à toutes ses jointures. Elie avait retiré son manteau.

— Il y a de l'eau? souffla-t-il.

— Un grand étang... Il faudra mettre des pierres dans les poches, pour qu'il aille au fond...

Il ne devait pas y avoir d'autre humain dans toute l'étendue du bois où les grands arbres s'égouttaient lentement. A un certain moment, Sylvie frappa sur la vitre et le taxi s'arrêta.

— Attendez-nous quelques minutes...

Le chauffeur hésita, se pencha et balbutia quelque chose qu'Elie n'entendit pas. Quand il se fut éloigné avec la jeune femme, il questionna :

— Qu'est-ce qu'il t'a dit?

— Il a proposé que nous restions dans la voiture. C'est lui qui se serait promené...

Cela ne les fit pas sourire. Ils cherchaient des pierres. Pour la vraisemblance, Sylvie avait pris le bras de son compagnon. Elle toucha un gros caillou du pied.

— Ramasse...

L'haleine du bois était froide, pleine de senteurs, et Elie grelottait dans son veston gris.

— Il en faut encore quelques-unes... Tiens-moi... Il nous regarde sans doute...

Ils passèrent par-dessus le grillage entourant l'étang. Le sol était en pente. Sylvie tenait par la main Elie qui se penchait afin d'immerger son pardessus le plus loin possible. Il y eut à peine un clapotis, mais ils craignirent de voir arriver le chauffeur qui eût pu croire à un suicide.

Ils se remirent en route. Elie marchait le premier. La jeune femme le calmait.

— Pas si vite... Nous n'avons pas l'air d'amou-reux...

Dans la voiture, elle s'enquit :

— Tu as froid?

— Ce n'est rien.

Il avait les lèvres bleuâtres. De temps en temps ses épaules étaient secouées d'un frisson. Au surplus, il frôlait sans cesse la fourrure mouillée de Sylvie.

— Voilà ce que tu vas faire, dit-elle tout bas. Tu prendras le train pour Charleroi.

Il fit non de la tête, affirma :

— Pas le train!...

Il en avait trop pris. Il en avait la nausée.

— Tu prendras n'importe quoi et tu iras à Charleroi. Rue du Laveu, au 53, tu trouveras une maison où on loue des chambres garnies. Il y en a justement une de libre.

Il la regarda avec étonnement, mais il ne posa pas de question.

— C'est chez moi, déclara simplement Sylvie. Tu diras à ma mère que c'est moi qui t'envoie. Tu expliqueras que tu as fait de la politique dans ton pays et que tu préfères ne pas être inscrit à la police. Paie trois mois d'avance. Avec ça, ma mère se taira...

On était à nouveau en ville et le chauffeur se retourna, attendant un ordre.

— Au *Merry Grill...* lança Sylvie.

— Je ne peux pas y entrer comme ça!

— Toi, non! Moi, il faut que j'y aille. J'ai un rendez-vous.

Il ne protesta pas. Il se laissait conduire, docile comme un enfant.

— Tu restes à Bruxelles? questionna-t-il pourtant.

— Oui. Mais j'irai te voir...

Elle réfléchissait, le front barré d'une ride.

— Ecoute! Il vaut encore mieux que tu ne dises pas à ma mère que tu viens de ma part. Fais semblant de ne pas me connaître. Du moment que tu paies...

— Mais comment aurai-je de tes nouvelles?

— J'écrirai de temps en temps à Antoinette... C'est ma sœur... Elle en parlera à table et, comme tu mangeras avec eux...

Le taxi s'était arrêté. Le portier du *Merry Grill* tenait la portière tout en brandissant un parapluie rouge. On distinguait à peine Elie dans le fond de la voiture.

— Au revoir... dit Sylvie.

Elle ne l'embrassa pas. Penchée en avant, la tête déjà hors du véhicule, elle se contenta de chercher sa main et de la serrer furtivement.

— A la gare du Midi... dit Elie au chauffeur, faute de pouvoir donner une autre adresse.

Juchée sur ses hauts talons, la fourrure serrée autour des hanches, Sylvie traversait le trottoir devant le portier qui l'abritait de son parapluie. On entendait l'écho du jazz et on voyait glisser des ombres derrière les rideaux du premier étage.

Elle tourna un instant la tête. Elle sourit, en agitant la main, et le taxi démarra.

Elie se retrouvait tout seul et, sans son pardessus, dans la voiture froide, il se faisait l'effet d'être tout nu.

— La gare est fermée, annonça le chauffeur en montrant le hall à peine piqueté de quelques lumières.

— Cela ne fait rien...

Il eut peur, car il s'aperçut qu'en dehors des billets de mille francs il ne lui restait que de la menue monnaie. Mais en fouillant toutes ses poches, il en réunit assez pour payer le chauffeur.

Seulement, jusqu'au matin, il ne pouvait plus dépenser d'argent! Il ne pouvait entrer nulle part! Il ne pouvait ni manger, ni boire!

Il avait tellement froid qu'il n'avait plus conscience de son rhume. Il marchait. De temps en temps, il s'adossait à une porte, sur un seuil, mais il repartait dès qu'il entendait des pas. Il repéra quatre horloges, dans des quartiers différents, et il allait sans fin de l'une à l'autre en calculant combien de fois il en ferait le tour avant le petit jour. Il n'y avait, pour l'accompagner, que le bruit monotone de ses pas, mais c'était encore une distraction car ce bruit n'était pas le même dans toutes les rues. Il dépendait de la largeur de la chaussée et de la hauteur des maisons, peut-être aussi de la nature des pavés.

Sylvie dansait. Il n'était pas jaloux. Il savait qu'elle était au *Merry Grill*. Il aurait pu la guetter et la voir sortir, mais l'idée ne lui en vint pas.

Il regarda passer le premier tram avec soulagement et, quand il fut sept heures, il choisit un taxi parmi ceux qui stationnaient place de Brouckère.

— Vous me conduirez à Charleroi.

Sa barbe avait trois jours. Son veston était détrempé aux épaules et le bas de son pantalon était ramolli par l'humidité. Le chauffeur hésita.

— Montez! finit-il pourtant par murmurer, comme un homme qui joue sa chance.

Il n'y avait plus de neige. Les champs étaient noirs. La forêt était noire. L'univers tout entier suintait, exhalait une humidité froide et en traversant les villages on ne rencontrait personne.

— Arrêtez-moi à un endroit où je puisse changer mille francs, dit Elie en arrivant à Charleroi.

Il était près de neuf heures. Les magasins étaient ouverts, mais la ville, comme la campagne, vivait au ralenti, engourdie par l'hiver. La lumière était glauque comme une goutte d'eau et la plupart des boutiques avaient leurs lampes allumées.

— Au fait, déposez-moi chez un coiffeur...

Le coiffeur n'avait pas la monnaie de mille francs et il courut lui-même les changer à la Maison du Peuple, qui était en face. Le taxi s'en alla. Le coiffeur noua un peignoir autour du cou d'Elie qui, en se regardant dans la glace, s'aperçut qu'il avait les yeux rouges.

— Vous êtes étranger? Qu'est-ce que vous devez gagner, avec le change! Je vous rafraîchis les cheveux aussi?

Des camions passaient. Les doigts du coiffeur étaient jaunis par la cigarette et l'odeur de tabac mêlée à celle du savon soulevait le cœur d'Elie.

— Nous avons beaucoup d'étrangers ici, surtout des étudiants qui viennent faire un stage dans les usines et dans les charbonnages. Mais maintenant ils sont aussi pauvres les uns que les autres. C'est la crise! Je vous fais une friction?

Quand Elie quitta son fauteuil, il se regarda avec pitié. Au lieu de lui donner meilleure mine, la toilette qu'on venait de lui faire accusait sa pâleur et le désordre de son visage. Peut-être aussi le miroir était-il mauvais? Jamais jusqu'ici il n'avait remarqué, par exemple, qu'il avait le nez de travers. Sa lèvre supérieure était trop mince pour la lèvre inférieure.

— C'est loin, la rue du Laveu?

— Vous n'avez qu'à prendre le tram 3, juste devant la porte. Il vous y conduira.

Il pleuvait toujours, et toujours une pluie aussi fine. Elie resta sur la plate-forme du tram qui était vide. Le receveur l'avertit qu'il était arrivé et il longeait le trottoir bordé de maisons exactement pareilles les unes aux autres.

Malgré la pluie, une femme lavait un seuil tournant le dos à la rue, le buste penché en avant, et Elie s'aperçut que c'était au 53.

— Pardon... Mᵐᵉ Baron, s'il vous plaît...

— C'est moi.

Elle tenait son torchon à la main droite et elle regardait l'inconnu des pieds à la tête.

— C'est pour la chambre...

Il désigna l'écriteau jauni collé à la fenêtre par des pains à cacheter.

— Entrez toujours... Attendez-moi dans la cuisine...

Le corridor venait d'être lavé et les carreaux jaunes et rouges étaient luisants. Au portemanteau de bambou, il y avait trois pardessus d'homme et un imperméable. Elie frappa à la porte vitrée de la cuisine. Une voix masculine fit :

— Entrez!

Et un jeune homme, qui avait les pieds dans le four, regarda curieusement l'intrus. A table, il y avait un autre étudiant, en pyjama à rayures bleues, aux cheveux noirs enduits de brillantine. Il était rasé de frais et il étendait de la confiture sur sa tartine.

— Asseyez-vous. Vous venez pour la chambre?

Dans le corridor, Mme Baron retirait ses sabots, s'essuyait les mains à son tablier. On entendait des voix au premier étage. Toute la maison vivait, d'une vie qu'Elie ne connaissait pas encore.

— Là! Je suis à vous... Vous n'avez pas de pardessus?...

— Je vous expliquerai... Mes bagages...

— Vous n'habitez pas Charleroi?

— Non... J'arrive de Bruxelles...

Elle lui versait machinalement une tasse de café. Puis elle ouvrit la porte et cria :

— Antoinette!... Va voir si la chambre de devant est en ordre!...

Elle ne restait pas un instant en place. Tout en parlant, elle rechargeait le poêle, remuait une casserole, mettait du sucre dans le sucrier.

— Vous, monsieur Valesco, je vous ai déjà demandé de ne pas descendre en pyjama... Reculez, monsieur Moïse... Vous croyez que je vais pouvoir cuisiner avec vous deux dans mes jambes?...

La porte s'ouvrit et Antoinette parut, regarda le nouveau venu dans les yeux. Elle portait une robe en tricot noir qui soulignait tout ce que sa silhouette avait d'inachevé. Les épaules saillaient. Ses petits seins étaient très écartés et les hanches n'étaient pas formées.

Ses bas tombaient sur ses jambes. Et son maigre visage, piqueté de taches de rousseur, était surmonté d'une toison folle, d'un roux ardent.

— Eh bien? Tu ne sais plus dire bonjour?

Elle haussa les épaules, renifla la tête de Valesco et murmura :

— Je n'aime pas les hommes qui se parfument comme des poules.

Quant à Elie, elle l'observait à la dérobée, par petits coups.

— Si vous voulez voir la chambre... prononça Mme Baron. C'est trois cents francs par mois, plus le charbon et l'électricité. J'aime mieux vous prévenir aussi que ce n'est pas « entrée libre ». Je ne veux pas de femmes dans la maison.

Elle le précéda dans le corridor et poussa la porte de la première pièce où s'exhala une odeur d'encaustique. Il y avait, contre le mur à fleurs roses, un lit de cuivre couvert d'une courtepointe et Elie devint pâle, sentit que la tête allait lui tourner.

A sept heures du soir, quand la maisonnée commença à se réunir dans la cuisine, il dormait toujours, les lèvres entrouvertes, les cheveux collés au front par la sueur.

IV

Mme Baron s'impatienta en voyant M. Domb s'installer tranquillement, avec sa boîte en fer, devant le couvert qu'elle avait si bien dressé.

— C'est la place de M. Elie! protesta-t-elle.

M. Domb était un Polonais grand et blond, aux traits secs, aux yeux bleus. Il était toujours vêtu avec une correction minutieuse et ses attitudes restaient solennelles même quand, comme à présent, une vieille boîte à biscuits sous le bras, il attendait avec mauvaise humeur de savoir quelle serait désormais sa place à table.

— Où je vais me mettre?

La cuisine n'était pas vaste et sa plus grande partie était occupée par un fourneau émaillé blanc et or. Au bout de la table, dans le fond, près du placard à vaisselle, c'était la place de M. Baron qui, seul, avait un fauteuil d'osier.

Les autres se casaient comme ils pouvaient, à mesure de leur arrivée. Car ils ne s'attendaient même pas. M. Baron mangeait à des heures qui variaient chaque jour, selon le train dont il était chargé. Mme Baron le servait, faisait la navette entre le fourneau et la table, s'asseyait parfois au bord d'une chaise pour avaler une bouchée, cependant qu'Antoinette, les deux coudes sur la table, plaisantait avec les locataires.

A midi, le rite était un peu différent, car Mme Baron fournissait le repas à tout le monde.

Le soir, les locataires mangeaient à leur compte. Chacun avait sa boîte en fer qui contenait du pain, du beurre dans du papier, du jambon ou du fromage. Chacun avait aussi sa cafetière ou sa théière.

M. Domb regardait avec réprobation ce couvert dressé à une place qu'il avait si souvent occupée. C'était nouveau dans la maison. On avait pris des assiettes du service à fleurs roses qui ne servait jamais. Dans des raviers, il y avait de vrais hors-d'œuvre, des ronds de saucisson, des sardines, des petits poissons fumés.

M. Baron lui-même, en mangeant ses tartines qu'il trempait dans du café, regardait ce spectacle d'une drôle de manière et Mme Baron, qui s'en aperçut, lui donna trois poissons fumés.

— M. Elie est pensionnaire complet, dit-elle avec une pointe d'orgueil.

— C'est un Juif! grommela M. Domb en mettant la poêle à frire sur le feu.

— Qu'en savez-vous? Vous voyez des Juifs partout. Et qu'est-ce que ça peut vous faire, qu'il soit juif?

Domb fouillait d'un air ennuyé le fond de sa boîte.

— Que vous manque-t-il encore?

— Du beurre...

— Je vais vous en prêter. Mais c'est la dernière fois. Il vous manque toujours quelque chose, à vous! Faites comme M. Moïse.

Il mit un peu de beurre dans la poêle et se cassa un œuf tandis que Mme Baron criait dans le corridor :

— Monsieur Moïse!... Il est l'heure!...

Et Domb, qui faisait cuire son œuf, contemplait avec mépris la côtelette qui rissolait, la casserole de pommes de terre, celle de choux de Bruxelles, qui n'étaient là que pour le nouveau.

— A quelle Faculté est-il inscrit? demanda-t-il en s'asseyant à côté d'Antoinette.

— Il y a longtemps qu'il a fini ses études.

Moïse entrait, les cheveux en bataille, les yeux rouges d'avoir fixé depuis le matin des caractères sur du papier blanc. C'était un Juif polonais. Sa mère, servante à Vilna, ne pouvait lui envoyer de quoi manger et une œuvre israélite payait les études.

Moïse regarda, lui aussi, le couvert incongru et se demanda où il allait se mettre avec sa boîte, car il ne pouvait s'installer à côté de Domb. Celui-ci évitait de lui adresser la parole, feignait même d'ignorer sa présence.

— Asseyez-vous ici, monsieur Moïse, dit Mme Baron avec affection, car Moïse était son préféré. Je parie que vous avez encore laissé éteindre votre feu.

C'était par économie, elle le savait. Il étudiait en pardessus avec parfois une couverture enroulée autour du torse. Quand il descendait, ses mains étaient toujours glacées.

— J'ai versé de l'eau sur votre thé.

Il ne mangea pas d'œuf, mais seulement du pain avec du beurre. Mme Baron était seule à savoir — car elle furetait dans les chambres — qu'il ne portait pas de chaussettes.

— Je me demande s'il dort encore, remarqua-t-elle en pensant à Elie.

— Il a une drôle d'allure, en tout cas, grommela Domb.

— Vous, laissez les gens tranquilles! Vous ne pouvez pas voir quelqu'un sans en dire du mal. Avec ça que les Polonais valent mieux que les autres!

Et dans le corridor elle cria, comme si cet appel eût toujours retenti dans la maison :

— Monsieur Elie!... On dîne!...

Plutarc Valesco manquait encore, mais c'était son habitude d'arriver en retard, ou même de ne pas rentrer. Tout le monde savait qu'il avait une maîtresse en ville.

— Il paraît que M. Elie est juif aussi, soupira Mme Baron.

— Juif levantin, rectifia Moïse. Ce n'est pas la même chose.

— Pourquoi?

— C'est difficile à expliquer, mais ce n'est pas la même chose.

— C'est vrai qu'il est très brun et que vous êtes plutôt blond...

Des pas résonnèrent dans le corridor. On frappa à la porte vitrée. Elie Nagéar entra, d'abord ébloui par la lumière et par tant de vie concentrée dans un petit espace.

— Vous avez déjà vu mes locataires, n'est-ce pas? Je vous présente mon mari, qui est fonctionnaire aux chemins de fer de l'Etat.

M. Baron se leva, tendit la main cérémonieusement et tira sur ses grosses moustaches grises. Il avait enlevé son faux col et on voyait briller, au milieu du cou, un bouton de cuivre.

— Asseyez-vous, monsieur Elie... Vous devez avoir faim... Vous n'avez rien pris depuis ce matin...

Et il s'assit, au bout de la table, face à M. Baron. Ce fut comme une prise de possession. Domb regardait ailleurs en grignotant un dernier morceau de pain. Antoinette fixait le cerne qui entourait les yeux du nouveau venu. Moïse disait simplement :

— Vous êtes de Stamboul, je crois?

— C'est-à-dire que je suis d'origine portugaise. Mais je suis né à Stamboul. Vous êtes polonais?

— Moi, je suis polonais! intervint Domb, aussi raide que si on eût joué son hymne national.

Valesco entrait en coup de vent, apportant une bouffée de parfum et de froid.

— Je suis en retard?

— Vous êtes toujours en retard.

Il s'arrêta en voyant le nouveau installé à la bonne place, devant les raviers. Il renifla l'odeur de côtelette, de légumes et, par-dessus les têtes, il lança à Antoinette un regard interrogateur.

— Dépêchez-vous de vous mettre à table.

Il faisait très chaud. La cuisine, aux murs peints à l'huile, était violemment éclairée. Les coudes se touchaient. La boîte de Moïse frôlait le ravier d'Elie et Domb dut reculer vers Mme Baron pour faire place à Valesco.

Celui-ci avait retiré de la poche de son pardessus un paquet qui contenait des charcuteries diverses, car il recevait plus d'argent que les autres et au surplus, quand il n'en avait pas, il trouvait le moyen d'en emprunter.

— Vous connaissez la Roumanie?

— J'ai vécu un an à Bucarest, répondit Elie.

— Quelle ville!... Et Constanza!... Ici, on patauge dans la boue d'un bout de l'année à l'autre...

— Pourquoi y êtes-vous? riposta Mme Baron.

— Ne vous fâchez pas. Demandez à M... Nagéar?... demandez-lui s'il y a une comparaison possible avec la Roumanie... Et tout y est pour rien!... Un poulet coûte quelques centimes...

Elie avait le sang aux joues. Le bruit des fourchettes, des voix, des assiettes l'assourdissait. Il ne pouvait pas bouger d'un centimètre sans heurter Moïse qui était à sa gauche ou Valesco qu'il avait à sa droite. Il ne pouvait pas penser.

Il fixait la table, les boîtes de fer-blanc, les tartines, les tasses de café et il mangeait lentement sa viande et ses légumes.

— Qu'avez-vous l'habitude de boire? s'informa Mme Baron.

— Chez nous, on boit du *raki*. Vous ne devez pas connaître cela. Je boirai de l'eau...

Il mangeait sans appétit. Son nez cuisait. Ses tempes battaient comme s'il se fût plongé dans un bain trop chaud. M. Baron, qui avait fini de dîner, repoussait son fauteuil d'osier et déployait un journal.

Chacun, en somme, vivait pour soi. Tandis que le père fumait une pipe d'écume dont il tenait le fourneau sur sa poitrine, Antoinette, sur un coin du poêle, commençait à laver la vaisselle.

Elie ne pensait pas à Van der Chose! Il ne pensait même pas à Sylvie, qui avait pourtant passé toute sa jeunesse dans cette maison.

A vrai dire, ses pensées étaient étranges. Il songeait qu'il était plus âgé que les autres locataires, qu'il avait, lui, la pension complète, et qu'il serait entouré de respect. Cela lui faisait plaisir.

— Vous avez l'habitude de prendre du fromage?

— Oui, mais aujourd'hui je n'ai pas faim.

Il avait donné mille francs, un billet neuf, un billet de la liasse, alors que la pension avait été fixée à huit cents.

— Vous reporterez le reste sur le mois prochain, avait-il dit.

Il voyait le journal de travers. C'était une feuille locale, *La Gazette de Charleroi,* au papier rugueux, imprimée en caractères trop grands.

Mme Baron, comme toujours, mangeait en allant et venant. C'est elle qui servait Elie.

— Vous ne finissez pas votre viande?

— Merci... Je suis encore grippé...

— La grippe règne, affirma M. Baron. Je lis qu'il y a une véritable épidémie à Londres, et que la mortalité, la dernière semaine, a augmenté de trente pour cent...

Il était calme. Ses grosses moustaches frémissaient chaque fois qu'il exhalait un filet de fumée.

— On a arrêté l'assassin? demanda Antoinette.

Elie, qui savait pourtant que c'était de lui qu'il s'agissait, n'eut pas un tressaillement. Il leva la tête, avec ni plus ni moins de curiosité que les autres.

— Pas encore... On annonce qu'on est sur la piste et qu'une arrestation est prochaine... On a retrouvé, à la banque de Van der Cruyssen, les numéros des billets...

M. Baron regarda autour de lui et devint un autre

homme, celui qui, sur les lignes de chemins de fer belges, allait de compartiment en compartiment et réclamait les billets.

— Il y en a qui croient que le métier n'est pas dangereux! dit-il. Est-ce que l'assassin n'aurait pas pu tout aussi bien tuer le chef de train?

Il s'inquiéta d'un léger sourire qui flottait sur les lèvres d'Elie, mais qui mourut aussitôt.

— Parfaitement! Or malgré cela, on a reculé l'âge de notre retraite à soixante ans, tout comme pour les services sédentaires...

Le sourire d'Elie avait été machinal. C'était nerveux. En réalité, pendant que M. Baron parlait, il avait épié Mme Baron et il avait vu quelque chose passer sur son visage : un doute, un soupçon, moins encore peut-être, une réticence, une pensée fugitive. Il avait compris que cela se rattachait aux billets. Et le billet qu'il lui avait donné devait être encore dans la maison.

— Du café?

Il n'avait dépensé que deux billets de banque : un que le coiffeur avait changé à la Maison du Peuple et l'autre que Mme Baron avait plié en huit pour le glisser dans son porte-monnaie.

— Merci. Jamais de café le soir.

— Savez-vous combien on a relevé de traces de coups sur le cadavre? Dix-huit!

Il en fut aussi étonné que les autres.

— Dix-huit coups de clef anglaise! On suppose que c'est un mécanicien, quelqu'un qui, en tout cas, a l'habitude de se servir d'outils. Le policier qui a visé les passeports ne se souvient pas de la nationalité de l'homme assis en face du Hollandais, car il y avait une quinzaine d'étrangers dans le train. Il croit que c'était un Grec ou un Italien.

Du four, Mme Baron retirait une petite crème qu'elle avait préparée pour Elie. Les autres avaient fini de manger. Domb avait été particulièrement silencieux et, refermant sa boîte, il se leva et sortit, après un salut qui ressemblait à un salut militaire.

— Il est furieux! remarqua Valesco.

— Pourquoi?

— Parce qu'il y a un nouveau et que ce nouveau est plus que lui. Sans compter que vous êtes juif et qu'il déteste les Juifs!

— Est-ce que je déteste quelqu'un, moi? demanda Mme Baron qui essuyait les assiettes que lui passait sa fille. Du moment qu'on ne fait de mal à personne!... Avant la guerre, j'ai eu ici un Russe et un Polonais... Ils ont vécu deux ans dans la maison sans même se saluer!... Antoinette, donne un cendrier à M. Elie...

M. Baron lisait. Sa pipe grésillait. Les coudes sur la table, Elie fumait une cigarette et un chaud bien-être l'envahissait, qui procédait encore du rhume et de la fièvre. Il percevait les palpitations du sang dans ses artères. Il y avait un chatouillement continu dans ses narines et sa gorge était sensible, le tabac avait un goût anormal.

Les deux femmes déclenchaient des vacarmes en agitant la faïence dans la bassine en zinc. Moïse regardait la nappe et Valesco fumait une cigarette orientale qu'Elie lui avait donnée.

— A Stamboul, nous mangeons beaucoup plus tard.

— A quelle heure?

— Vers neuf ou dix heures du soir.

— Et qu'est-ce que vous mangez? s'informa Mme Baron.

— De tout... Beaucoup de petites choses, des hors-d'œuvre, qu'on appelle des *mezet*... Puis de l'agneau, des légumes, des quantités de légumes et de fruits...

— On cuisine bien?

— Très bien.

Il se revoyait chez *Abdullah* avec ses amis la veille du départ, près du dressoir qui ployait sous le poids des plats.

— Des feuilles de vigne farcies, par exemple... murmura-t-il.

— Je n'aimerais pas cela.

Chez *Abdullah,* il serrait la main de tout le monde. Et tout le monde disait, quand il annonçait son départ :

— Tu as de la chance!

— Quelle langue parle-t-on, chez vous?

— Le français.

— Il n'y a pas d'autre langue?

— Il y a le turc. Mais, dans la bonne société, chacun parle le français.

— C'est curieux!

Antoinette l'observait à la dérobée. On sentait qu'elle ne s'était pas encore fait une opinion et qu'elle en était ennuyée.

— On se promène très tard, la nuit, dans Péra, soupira Elie. L'air est doux. On rencontre des amis. On va écouter des musiciens turcs dans des petits cafés...

— Comme en Roumanie, approuva Valesco. Il y a autant de monde dans les rues à minuit qu'ici à six heures du soir.

— On ne travaille donc pas le lendemain matin?

Comme Elie se mouchait, Mme Baron prononça :

— Votre mouchoir est tout mouillé. Je vais vous en prêter un en attendant que vos bagages arrivent. Antoinette! va chercher un des mouchoirs de ton père... Ceux du tiroir de gauche...

Elie pensait aux deux billets de banque, à celui qui était maintenant à la Maison du Peuple et à celui qu'il avait remis à son hôtesse. Il n'était pas effrayé. Il se disait seulement que, quand M. Baron aurait lu le journal, il le lui demanderait et, dans sa chambre, le ferait brûler dans le poêle. A la Maison du Peuple, d'autre part, on ne devait guère s'occuper de vérifier les billets.

— Vous êtes de Vilna même? demanda-t-il à Moïse.

— J'y ai vécu jusqu'à l'année dernière.

— Moi, j'y suis passé deux fois, l'hiver. C'était très triste.

— L'été, c'est magnifique!

— Qu'est-ce que vous étudiez?

— La chimie. J'ai fini. Maintenant, je fais une année supplémentaire pour étudier la verrerie...

Moïse lui parlait avec un mélange de respect et de rancune, comme un Juif du ghetto polonais parle à un Juif évolué de Stamboul.

— En dernière heure, annonça M. Baron en tirant sur sa pipe, on dit que l'assassin devait avoir un ou une complice. Mme Van der Cruyssen est arrivée à Paris et s'occupe elle-même du transfert du corps.

— Il était marié?

Un instant, Elie en eut la respiration coupée. Il n'avait jamais pensé à cela. Et maintenant il faisait un effort pour se représenter la femme du Hollandais.

— Voici son portrait.

Le cliché était mauvais, d'un gris sale. On devinait pourtant une femme très grande, très distinguée, qui essayait d'échapper aux photographes.

— Elle était plus jeune que lui..., dit-il.

Elle paraissait trente-cinq ans. Elle n'avait pas encore eu le temps de se mettre en grand deuil.

— Voici un mouchoir, fit Antoinette.

Elie en profita pour se moucher longuement et, quand il mit le mouchoir dans sa poche, il avait le visage congestionné. Mme Baron s'en aperçut.

— Je vais vous faire un bon grog et vous prendrez deux cachets d'aspirine avant de vous coucher.

— Vous êtes trop gentille.

— J'ai l'habitude... Si on laissait faire les jeunes gens, ils ne se soigneraient jamais...

On le traitait en jeune homme, comme les autres, bien qu'il eût trente-cinq ans. Moïse se levait, murmurait un vague bonsoir et regagnait sa chambre. Mme Baron écouta ses pas qui s'éloignaient, ferma la porte avec soin.

— C'est comme lui! soupira-t-elle. Tout à l'heure encore, j'aurais voulu lui donner ce que vous avez laissé de côtelette. Mais il est trop fier! Pour toute sa journée, il ne mange qu'un œuf et du pain.

— Qu'a-t-il besoin d'étudier? objecta Valesco.

— Et vous?

— Ce n'est pas la même chose. Mes parents ont de grandes propriétés.

— N'empêche que vous êtes aussi panier percé que lui!

Elle disait cela tout à trac, sans méchanceté, en lavant toujours la vaisselle. M. Baron tournait la page de son journal. Antoinette rangeait tasses et assiettes dans le placard, derrière son père, et repoussait le dossier du fauteuil d'osier.

— Il faut que je recule?

— Ça va! J'ai fini...

Mme Baron versa l'eau sale dans l'évier et rinça son torchon, avec des gestes vifs et précis. Valesco se leva, bâilla, s'étira.

— J'espère que vous n'allez pas sortir?

— Hélas!...

— En tout cas, si vous faites encore du bruit en rentrant, ou si vous oubliez votre clef, je vous préviens que je ne vous garderai pas. Avec toutes vos sales femmes...

Valesco lança une œillade à Elie. Celui-ci alluma une nouvelle cigarette. Comme il y avait moins de bruit, on entendait parfois le tic-tac du réveille-matin posé sur la cheminée, entre deux bougeoirs en cuivre.

— Bonsoir, Antoinette... Bonsoir, messieurs dames...

Et Valesco alla se parfumer, se poudrer, se recoiffer avant de sortir.

— Ce sont des gamins, confia Mme Baron à Elie. Il faut que je les gronde comme des enfants, sinon la vie ne serait plus possible. Vous, j'ai vu tout de suite que vous étiez plus sérieux. Quelle idée, à votre âge, de vous occuper de politique!...

Car, en lui demandant de ne pas le signaler au service des étrangers, il avait expliqué qu'il était exilé de son pays à cause de ses opinions.

— Qui est-ce qui gouverne, chez vous? Un roi? Un président?

— Un dictateur.

Il souriait. Tout son corps était courbaturé, mais au lieu d'être désagréable c'était une sensation voluptueuse. Il s'étirait, dans cette cuisine pauvre, et savourait un bien-être presque complet. De temps en temps son regard rencontrait le regard furtif d'Antoinette et il était heureux encore, car la gamine, sans aucun doute, était impressionnée.

Ce n'était pas de l'admiration qu'elle avait pour lui. Au contraire! Elle l'observait avec une certaine méfiance, comme si elle eût compris, elle et elle seule, qu'il n'avait rien à faire dans cette maison.

Mais cela ne prouvait-il pas, précisément, qu'elle avait peur d'être dominée?

Il ne s'en allait pas. Le cendrier était plein de bouts de cigarettes. La table était desservie. On l'avait recouverte de son tapis en toile cirée blanche à carreaux bleus. Assise près du poêle, M\ :sup:`me` Baron épluchait les pommes de terre pour le lendemain et Antoinette reprisait des chaussettes qui appartenaient à Domb ou à Valesco.

— Ce que je n'aime pas, disait M\ :sup:`me` Baron, ce sont les gens qui méprisent les autres... Tenez! tous les Polonais que j'ai eus... Germain... Si tu offrais un verre de quelque chose à M. Elie?...

Il se leva précipitamment, prit dans le placard une bouteille de prunelle.

— Vous m'en direz des nouvelles!... Je l'ai rapportée du Grand-Duché de Luxembourg, où je conduis un train chaque semaine...

La liqueur était parfumée. L'odeur de pipe se

mêlait dans l'air à l'odeur plus subtile des cigarettes. Parfois, là-haut, retentissaient les pas de Moïse.

— Il étudie jusqu'à treize et quatorze heures par jour. Les lettres qu'il reçoit ne sont même pas écrites par sa mère, car elle ne sait pas écrire. C'est un voisin, qui est concierge et qui...

Cela n'avait qu'à durer ainsi, tout doucement. Elie aurait voulu ne pas guérir de la grippe. Même la légère douleur de son torticolis était voluptueuse.

Il se souvenait de la rue du Laveu, des maisons basses, noircies par le charbon et par le vacarme de ferraille, et du ciel plein de vilains nuages, et du crachin.

Ici, dans la cuisine claire et propre, cela n'existait plus. De temps en temps, Antoinette rejetait la tête en arrière parce qu'une mèche de cheveux roux lui tombait sur les yeux.

— Qu'est-ce que vous en dites? soupirait M. Baron en se gargarisant de prunelle et en essuyant ses moustaches. Vous n'avez pas ça dans votre pays, hein?

— Nous avons un très bon alcool, qu'on appelle le *raki*. Il ressemble un peu à ce que l'on boit en Bulgarie et en Egypte.

— Vous avez vu tous ces pays-là?

— Je connais à peu près toute l'Europe. Mon père était exportateur de tabacs.

— Comme M. Wiser! expliqua Mme Baron à son mari.

Et elle dit ces mots sur un ton déférent. Il était dix heures dix. M. Baron bâilla le premier, replia son journal qu'il posa sur la table.

— Vous permettez?

— Je vous en prie.

— Cela ne vous intéressera pas beaucoup. Il n'y a que des nouvelles du Borinage. Les souffleurs de verre parlent de se mettre en grève. Encore un petit verre?

Et Elie, les joues cramoisies, les yeux luisants, la nuque endolorie, les narines enflées, se sentait sombrer davantage dans une matière chaude et molle.

— Tu as refait son lit, au moins, Antoinette? Qu'est-ce que tu attends!

On entendit la jeune fille qui retournait le matelas, tirait les draps, tapotait l'édredon.

— Dormez bien! Ce n'est pas la peine de vous lever de bonne heure. Quand vous serez couché, je vous porterai un grog et de l'aspirine...

Une seule chose l'ennuyait, tandis qu'il se déshabillait dans la chambre qu'il ne connaissait pas encore : le portrait de Mme Van der Cruyssen. Elle était droite, trop digne, trop jeune surtout. Il devinait, en dépit de la photo mal reproduite, qu'elle était jolie.

— Vous êtes au lit? demanda la voix de Mme Baron, après qu'on eut frappé à la porte.

— Une seconde!... Voilà... Vous pouvez entrer...

Un plateau à la main, elle se baissa pour ramasser le pantalon qu'il avait laissé par terre et le poser sur une chaise.

— Buvez, tant que c'est chaud...

V

Sylvie descendit du tram à l'arrêt, trois maisons plus loin que chez elle, en face de l'épicerie. Et un instant, pendant qu'elle traversait la rue en évitant les flaques d'eau, elle se demandait si l'épicière, Mme Horisse, qui était toujours embusquée derrière sa vitre, la reconnaissait.

Sylvie n'eut pas besoin de frapper. La porte n'était que poussée et elle l'ouvrit, fit deux pas, trouva sa mère dans la première chambre où le lit était défait.

— C'est toi? Tu m'as fait peur!

Mme Baron tendit la joue, machinalement. Sylvie l'effleura de ses lèvres. La bouteille de rhum était encore sur la table de nuit, près d'un verre vide.

— Tu es pour longtemps à Charleroi?

Mme Baron ne regardait jamais Sylvie sans méfiance. Rien ne lui échappait, ni que le sac à main était neuf, ni qu'elle portait un tailleur assez simple, ni qu'elle avait les yeux fatigués et qu'on la sentait préoccupée.

— Je vais boire une tasse de café, annonça Sylvie.

Elle devinait que la première chambre était celle d'Elie, mais elle n'osa pas s'en assurer et elle se dirigea vers la cuisine, qui était pleine de vapeur. Un homme était assis devant le poêle. Elle faillit le heurter, tant l'air était opaque.

— Et vous laissez bouillir la soupe ainsi!... s'écriat-elle en se précipitant pour retirer la casserole du plein feu.

On vit le cercle de charbons ardents, cependant que Sylvie cherchait un couvercle. Quand elle se retourna, Moïse était debout et s'inclinait devant elle, son cours polycopié à la main.

Elie, attablé devant des œufs au lard, ne se dressa qu'à demi pour la saluer.

— Continuez de manger, je vous prie.

La vapeur se collait aux murs et aux vitres. L'air était irrespirable et Sylvie dut entrouvrir la porte, non sans observer Nagéar à la dérobée.

Il venait de se lever. En fait de toilette, il s'était contenté d'un coup de peigne et, tout comme M. Baron quand il rentrait du travail, il ne portait pas de faux col.

Maintenant qu'il mangeait à nouveau et que Moïse avait repris son cours, on avait l'impression d'une intimité soudain rompue, tant les deux hommes étaient bien incrustés dans l'ambiance.

— Vous avez la grippe? demanda Sylvie en s'asseyant dans le fauteuil d'osier.

— Oui. Et un torticolis.

Elle le regardait fixement. Ils se turent et ce silence fut tel que l'étudiant leva la tête, épia tour à tour Sylvie et Nagéar.

— Vous êtes bien, ici?

— Tout le monde est gentil avec moi.

Cette fois, Sylvie étirait les lèvres et il n'y avait pas

à s'y tromper : elle rageait, peut-être contre Elie, peut-être contre le Juif polonais qui ne se décidait pas à partir.

— En somme, les locataires vivent dans la cuisine!

Sans broncher, Moïse Kaler se leva, ouvrit la porte et disparut dans le corridor. Sylvie ne voulut pas perdre de temps.

— On a les numéros des billets, annonça-t-elle en se penchant.

— Je sais.

Il y eut dans ses yeux un éclair de colère.

— Et tu dis ça tranquillement, en mangeant tes œufs?

C'est vrai qu'il était tranquille! Il ne s'en était pas rendu compte, mais maintenant qu'elle le lui faisait remarquer il s'étonnait lui-même de sa quiétude. Il avait passé la nuit à transpirer et il se ressentait à peine de son rhume. Seul son cou restait raide et il ne remuait la tête qu'avec précaution.

— Tu as payé ma mère d'avance?

— Naturellement.

Elle lui lança un regard aigu, se leva et ouvrit la soupière qui se trouvait sur le buffet. L'objet n'avait jamais servi de soupière, mais il contenait de vieilles lettres, une feuille des contributions, une clochette en argent ornée d'un ruban bleu. Dans un porte-monnaie, Sylvie trouva le billet français de mille francs.

— Comment vas-tu faire?

Or, dès cet instant, il était clair qu'ils ne se comprenaient plus. C'était à croire, parfois, qu'Elie ne savait pas de quoi il s'agissait!

— Il n'y a rien à faire, dit-il.

Elle referma la soupière.

— Il faut que tu trouves le moyen d'échanger le billet contre un autre, entends-tu?

Elle parlait trop haut. Elle en oubliait la prudence. Il mit un doigt sur ses lèvres et, par contenance, commença à tisonner, comme il l'avait vu faire à Moïse.

— J'ai apporté tes bagages. Ils sont au *Café de la Gare*.

Elie se versa une seconde tasse de café et, la cafetière à la main, regarda sa compagne comme pour dire : « En voulez-vous? »

C'est alors qu'elle vit à ses pieds des pantoufles en feutre marron qui appartenaient à son père.

— Tu ne peux pas rester ici. Un employé du chemin de fer a déclaré qu'il t'avait vu rentrer en Belgique. On fait des recherches à Bruxelles.

— Tu es toujours au *Palace?*

— Imbécile!

Elle alla ouvrir la porte et vit sa mère, au fond du corridor, qui lavait les pavés à grande eau.

— C'est déjà samedi, remarqua-t-elle.

Et elle poursuivit en refermant la porte :

— Je partage la chambre d'une copine du *Merry Grill*. Je l'ai mise au courant de tout.

— C'est malin!

Il restait debout, appuyé à la cuisinière, le dos brûlant, et il voyait la cour froide et calme, au-delà de la fenêtre.

— Je ne sais pas qui est malin des deux, mais je veux que tu t'en ailles d'ici.

Il détourna la tête, comme un écolier, murmura :

— Je n'ai pas d'argent.

— Cela m'est égal! Tiens! Voici toujours trois cents francs. C'est assez pour passer la frontière hollandaise.

Elle s'impatienta devant son flegme.

— C'est tout ce que tu réponds?

— Chut!... Ta mère...

C'était vrai. Mme Baron arrivait, en s'essuyant les mains. Elle regarda sa fille, avec peut-être un léger soupçon au fond des prunelles.

— Votre chambre est prête, monsieur Elie. Antoinette va rentrer et vous allumera du feu. Tout à l'heure, il faut que je lave la cuisine et que je fasse les cuivres...

Elle changea les casseroles de place, remit du charbon dans le fourneau, regarda l'heure et sortit à nouveau.

Sylvie devint plus rageuse.

— Avoue que tu es bien décidé à ne pas partir!

— Je ne peux pas partir avec trois cents francs. Ici, je ne fais de mal à personne.

Il grimaça, parce qu'il avait tourné trop brusquement la tête. Sylvie ne l'avait jamais vu ainsi, le bouton de col sur la pomme d'Adam, le costume flasque, les pieds dans des pantoufles trop grandes. Par surcroît, on eût dit qu'il mettait de l'affectation à se montrer sur toutes les coutures.

— Tu as brûlé le reste des billets, au moins?

— Pas encore. Et toi?

— J'ai brûlé les miens.

Et il pensa : « Ce n'est pas vrai! »

A voix haute, il annonça :

— Voilà Antoinette qui rentre.

Il reconnaissait déjà son pas sur le trottoir. Elle

donnait de petits coups à la boîte aux lettres et sa
mère lui ouvrait la porte. Un peu plus tard, elle
entrait à la cuisine et s'arrêtait net devant sa sœur.

— Ah! C'est toi...

Elle était allée acheter de la viande, qu'elle posa
sur la table et, comme Mme Baron l'avait fait, elle
tendit le front à Sylvie puis vint vers le poêle pour se
chauffer les mains. Comme nul ne parlait, elle
murmura bientôt :

— Je ne vous dérange pas?

Et elle fixa sur sa sœur un regard qui était
nettement accusateur.

— Tu es folle?

— Dis donc, quand tu m'apporteras encore des
bas, tu essayeras que ce ne soit pas moitié coton!
Vous, monsieur Elie, vous feriez mieux d'aller vous
coucher.

Elle ne s'en allait pas. Elle le faisait exprès. On le
devinait à son attitude et à ses traits pointus.

— Tu déjeunes avec nous?

— Je ne crois pas.

— Alors, pourquoi es-tu venue? Monsieur Elie, si
vous restez dans la cuisine, du moins asseyez-vous!
Cela me donne le vertige de vous voir debout, la tête
de travers...

— Tu es toujours aussi mal élevée, remarqua
Sylvie.

— Que veux-tu? Je ne porte pas des bas de soie
naturelle, moi!

Puis ce fut le silence. La soupe recommença à
bouillir et la vapeur se répandit dans l'air.

— Ecoute, j'ai besoin de savoir si tu restes, parce
qu'alors j'irai rechercher un bifteck.

76

— Ne te dérange pas.

Le regard d'Antoinette accrocha la soupière, sur le buffet. La gamine fit trois pas, avec un bref coup d'œil à sa sœur. Elle avait remarqué qu'un morceau de papier bleu dépassait du couvercle. Elle souleva celui-ci, plongea la main dans les papiers, vit le billet de mille francs et parut rassurée.

— Qu'est-ce que tu fais?

— Rien. C'est à toi qu'il faudrait poser cette question-là. Je trouve curieux de venir de Bruxelles rien que pour passer quelques minutes dans une cuisine qui sent la soupe aux haricots.

Sylvie se leva en haussant les épaules.

— Donnez-moi une cigarette, dit-elle à Elie.

Antoinette ne la quittait pas des yeux.

— Il vaut mieux que je vous laisse, pas vrai?

— Tu lui as dit quelque chose? souffla Sylvie dès que sa sœur se fut éloignée.

— Moi? Jamais de la vie!

— Je te répète que je veux que tu partes. C'est compris?

Et, comme quelqu'un entrait, elle s'écarta vivement de lui. C'était M. Domb, tiré à quatre épingles, qui joignit les talons, et baisa la main qu'on lui tendait.

— Si j'avais su qu'il y avait une jolie femme ici, je ne me serais pas permis d'entrer de la sorte.

Il aimait les longues phrases et les femmes l'impressionnaient.

— Je suppose que vous avez passé une excellente et réconfortante nuit? demanda-t-il à Nagéar.

Il ne s'aperçut même pas que les visages étaient renfrognés. Il revenait de son cours. Il tendit ses mains blanches et soignées au-dessus du poêle, les frotta l'une contre l'autre avec satisfaction.

— C'est la seconde fois que j'ai la joie et le plaisir de vous voir, mademoiselle, et j'ai dit hier à madame votre mère...

— Justement, il faut que je parle à madame ma mère! martela Sylvie en quittant la cuisine.

M. Domb s'inquiéta.

— Qu'est-ce qu'elle a? Qu'est-ce que j'ai dit de mal?

Auréolé de la fumée de sa cigarette, dans la douce chaleur de la cuisine, Elie n'entendit même pas.

— C'est ça! Puisque tu t'ennuies déjà, pars, ma fille, disait dans le corridor la voix de Mme Baron. Nous n'avons même pas de poulet à te servir!

Les talons de Sylvie résonnaient sur les carreaux du corridor. Elle entra dans la cuisine, chercha son sac et le prit d'un mouvement brusque.

— Vous partez? s'étonna M. Domb qui se mettait en mesure de lui baiser à nouveau la main.

Elle ne lui répondit pas et sortit après un regard menaçant à Elie. Un peu plus tard, la porte de la rue claquait.

— C'est une très, très jolie fille, répéta le Polonais. Je ne sais pas si vous avez remarqué...

Elie sortit à son tour de la pièce et gagna sa chambre. Antoinette était accroupie devant le petit poêle rond et attendait, pour y mettre du charbon, que le bois fût enflammé.

La fenêtre vénitienne donnait sur la rue. Les trottoirs étaient à peu près secs, d'un gris froid, mais la chaussée, d'un bout de l'année à l'autre, était couverte d'une boue couleur de charbon que le froid enrobait d'une mince pellicule de glace.

Sylvie n'était pas à l'arrêt du tram, en face de l'épicerie. Sans doute se dirigeait-elle à pas furieux vers la ville. On entendit une rumeur, à gauche, puis des criaillements, des pas précipités et enfin on vit des enfants qui couraient. C'était la sortie de l'école communale. Il était onze heures et demie.

— A propos, commença Nagéar, je voudrais vous demander...

Il attendit un signe d'encouragement d'Antoinette, qui était toujours agenouillée par terre.

— Eh bien? s'impatienta-t-elle.

— Je ne me sens pas encore assez bien pour sortir. Si vous vouliez avoir la gentillesse d'aller prendre mes bagages...

— Tiens! Vous avez vraiment des bagages?

Il faillit perdre pied, regarda à nouveau la rue.

— Je les avais laissés au *Café de la Gare,* ne sachant où je trouverais une chambre...

— Pourquoi n'avez-vous pas demandé à Sylvie de vous les apporter, puisque vous couchez avec elle? Ce n'est pas la peine de faire cette tête-là! Vous ferez croire tout ce que vous voudrez à ma mère, mais pas à moi...

Elle s'interrompit parce que le charbon roulait avec bruit de la pelle dans le poêle. Quand ce fut fini, elle trouva Nagéar qui tournait obstinément la tête.

— Qu'est-ce qu'elle voulait, ma sœur? Avouez qu'elle était furieuse, à cause des billets!

Elle alla s'assurer qu'il n'y avait personne derrière la porte. Maintenant, le lit était fait, la chambre était en ordre et des vagues de chaleur commençaient à pénétrer l'atmosphère. Le feu à peine allumé ronflait. Des cendres rouges tombaient dans le tiroir entrouvert.

— Si vous vous méfiez de moi, vous avez tort. Je devine même pourquoi, quand je suis entrée dans la cuisine, vous vous regardiez comme des chiens de faïence. Sylvie voulait que vous partiez...

Malgré lui, il leva les yeux vers elle et il rencontra deux yeux ardents, roux comme les cheveux toujours en désordre.

— Je connais ma sœur mieux que vous. Quant au billet de banque, ne vous en faites pas. J'essayerai de le changer avant lundi. Ce matin j'ai brûlé le journal.

C'est pour cela qu'il ne l'avait pas retrouvé! Il l'avait cherché quand, le matin, il avait été seul quelques instants dans la cuisine. Il y avait des chances pour que les journaux ne publient pas une seconde fois les numéros des billets.

— C'est lourd, vos bagages?

— Il y a deux valises et un sac de toilette. Il faut prendre un taxi.

— Vous vous laissez impressionner par ma sœur?

Il essaya de ne pas rougir, mais en vain.

— Je vais toujours chercher vos affaires. Cela vous permettra de vous mettre propre.

Il l'entendit qui parlait à sa mère, dans l'escalier. Puis elle monta deux étages. Elie avait calculé le nombre de pièces. A côté de sa chambre, il y avait la salle à manger, où on ne mettait jamais les pieds et où régnait une forte odeur de linoléum. Au premier, il n'y avait que deux chambres : celle de Valesco, au-dessus de sa tête, et celle de Domb donnant sur la cour.

80

Or, il n'y avait pas de second étage à proprement parler. Moïse Kaler occupait une mansarde qui avait une fenêtre à tabatière sur la corniche. Les Baron avaient la mansarde voisine et Antoinette, elle, ne disposait que d'un grenier éclairé par une lucarne percée dans le toit.

Quand elle descendit, elle passa dans le corridor sans s'arrêter, mais Elie la vit sur le trottoir, serrant autour de ses reins un méchant manteau de laine verte.

A la voir ainsi sans la connaître, il l'eût prise pour une petite rôdeuse, tant elle mettait d'affectation à tirer son chapeau sur les yeux et à dandiner ses maigres épaules. Les talons de ses souliers étaient tournés. Ses bas faisaient des plis. Sur son visage enfariné de poudre, elle dessinait aussi mal que possible une bouche trop saignante.

On frappa à la porte. C'était Mme Baron.

— Je viens voir si le feu prend.

Elle ne restait jamais cinq minutes en place. Le poêle était si chaud qu'elle dut s'envelopper la main de son tablier pour l'ouvrir.

— Je suis sûr que vous n'avez pas de charbon comme celui-ci dans votre pays. Je le prends directement à la houillère, ce qui me permet de vous le compter un franc cinquante le seau. Avec un seau, M. Domb, qui est frileux, va deux jours, en plein hiver.

Elle regarda si tout était en ordre autour d'elle.

— Qu'est-ce que vous dites de ma fille? Remarquez qu'elle vaut beaucoup mieux que ce qu'elle paraît. Elle a toujours été folle de la danse. Mais je vous avoue que j'aime autant qu'elle ne revienne pas trop souvent. Vous avez des sœurs?

Elie fut un moment avant de répondre. Il avait presque oublié s'il avait des sœurs ou non. La question le força à replonger dans un autre monde et il murmura :

— J'ai une sœur.

— Elle est jolie? Elle vit en Turquie?

Oui, elle vivait à Péra. Et elle devait être jolie, car tous ses amis lui avaient fait la cour. Pourtant, à vingt-sept ans, elle n'avait jamais été fiancée. Pour la première fois, Elie se demanda si elle avait eu des aventures.

Avec un effort, il revoyait l'appartement moderne, dans un grand immeuble neuf, où Esther vivait avec sa mère. Mais il ne parvenait pas à recréer les détails. Il s'apercevait soudain que jamais il n'y avait fait attention, qu'il ne connaissait même pas sa sœur.

— Vous avez des photographies dans vos bagages?

— Je ne crois pas. Non!

— C'est dommage. Tous mes locataires mettent des portraits de famille au mur. Je finis par connaître leur maman, leurs frères et sœurs. Il y en a qui viennent les voir et qui continuent à m'écrire. Tenez! La mère de M. Domb est venue l'an dernier. M. Domb n'a presque plus de cheveux sur la tête, n'est-ce pas? Eh bien! sa mère est une très jolie femme, très jeune, et quand ils se promènent ensemble on les prendrait pour des amoureux. Elle a dormi dans cette chambre-ci...

Cela n'empêchait pas Mᵐᵉ Baron d'épousseter et de mettre chaque objet à sa place. Deux fois elle recula pour s'assurer que le cache-pot en cuivre martelé était juste au milieu de la fenêtre, sur son napperon brodé.

— A propos, il ne faudra pas dire à mon mari que je ne vous ai pas fait remplir votre fiche. Lui, c'est un fonctionnaire, vous comprenez! Il voit les choses autrement que nous.

Parfois un tram passait, rouge et jaune, en sonnaillant. De lourds tombereaux de charbon sortaient d'un charbonnage proche. Ils étaient au moins dix l'un derrière l'autre, à moudre les pavés de leurs larges roues, et les charretiers marchaient devant, le fouet sur l'épaule.

Sylvie ne put prendre que le train d'une heure. Du buffet de la gare, où elle déjeuna, elle vit sa sœur qui pénétrait au *Café de la Gare* et qui en sortait avec les deux valises.

A Bruxelles, il pleuvait, mais la ville était moins triste, grâce aux lumières, à la musique des grands cafés.

A huit heures, Sylvie était seule, déjà en robe du soir, à une table de la brasserie de la place de Brouckère, près de l'orchestre. Elle mangea de la viande froide, but de la bière. Le pianiste, qui était jeune et maigre, ne cessait de lui sourire et machinalement elle lui souriait aussi.

C'était reposant comme un bain : la grande salle où montait une nappe de fumée; l'odeur de la bière et du café; le bruit des verres et des assiettes et surtout les ondes larges, réchauffantes de la musique viennoise.

A la table d'en face était assis un adolescent nerveux et pâle qui, en dépit du froid, portait un imperméable et, en guise de cravate, une lavallière. Sylvie sourit en apercevant sur la chaise voisine un feutre à large bord.

C'était un artiste, peintre ou poète. Il avait vingt ans au plus. Il fumait une courte pipe avec obstination et, contrairement au pianiste, il laissait peser sur Sylvie un regard tragique.

Le musicien s'en aperçut au troisième morceau et adressa une œillade complice à la jeune femme.

Le temps passa. Le *Merry Grill* n'ouvrait ses portes qu'à dix heures. Le directeur artistique, que Sylvie connaissait, l'avait acceptée comme entraîneuse, en lui promettant que la semaine suivante elle passerait en numéro.

Des gens entraient et sortaient. Sur les tables de marbre, on jouait au jacquet et aux cartes. La fumée devenait plus dense entre les têtes et le plafond aux moulures dorées.

A dix heures moins le quart, Sylvie sortit, après un dernier sourire au musicien. Elle se retourna avant d'arriver à la porte et vit le jeune homme à lavallière qui la suivait.

Il pleuvait moins fort. Le *Merry Grill* n'était qu'à cinq cents mètres.

« Va-t-il me parler? » se demanda-t-elle.

Elle marcha vite, ralentit le pas, marcha vite à nouveau et quand elle arriva près du portier du cabaret le jeune homme ne lui avait pas encore adressé la parole.

— Jacqueline est arrivée?

— Je ne l'ai pas vue.

Elle monta au premier étage, laissa son manteau au vestiaire, passa quelques minutes à la toilette.

Quand elle s'avança vers le bar, le jeune homme était assis sur un haut tabouret et fumait sa pipe en regardant avec désinvolture la salle vide. Jacqueline entrait. C'était une grande fille molle, en robe de satin vert, une énorme fleur de velours rose sur l'épaule.

— Eh bien?

Le barman, qui arrangeait ses verres et ses bouteilles, ne s'occupait pas d'elles.

— J'ai fait Gand et Anvers. J'ai pu changer vingt billets. Ils sont dans mon sac. Et toi? Tu l'as vu? Dans quel état est-il?

— On croirait qu'il ne se rend compte de rien!

— Il viendra à Bruxelles?

— Je ne pense pas. Il mange comme si rien n'était arrivé. Il se chauffe. Il...

Le jeune homme la regardait par-dessus l'épaule de Jacqueline. Elle faillit lui adresser une grimace puis, sans trop savoir pourquoi, elle décida de lui sourire.

— Barman! La même chose...

Il n'avait pas l'habitude. On devinait qu'il avait lu la phrase dans un roman. Son regard, malgré lui, s'accrochait au tarif des consommations.

— Qu'est-ce que tu vas faire?

— Je ne sais pas. En tout cas, nous ne savons rien. Demain, tu changeras les derniers billets à Liège et à Namur.

— Tu crois que c'est prudent? Je commence à avoir peur...

Mais Jacqueline était docile. Elle ferait tout ce qu'on voudrait. Un timbre retentit, qui annonçait l'arrivée de clients, et toutes deux se regardèrent dans le miroir du bar, affichèrent un sourire, se hissèrent sur les tabourets cependant que le jeune homme continuait à laisser peser sur Sylvie un regard dramatique.

VI

C'était le troisième soir. Le repas s'achevait, chacun tirant à hue et à dia, et Domb allumait une cigarette lorsque Elie remarqua :

— Je parie que vous croyez fumer du tabac égyptien.

— Voulez-vous me faire croire que c'est du tabac turc? riposta le Polonais, qu'irritait le chauvinisme des autres.

— Mais oui! Et sachez d'abord qu'il est défendu de faire pousser un seul pied de tabac en Egypte. Non seulement j'y ai vécu, mais mon père était un des plus gros exportateurs de tabacs d'Orient.

Domb se tut, le nez dans son assiette. C'était le troisième repas qui se passait en conversations sur la Turquie et il préféra ne pas tendre la perche à Elie.

Mme Baron était plus curieuse et, de l'autre bout de la table, elle questionna :

— Vous n'avez pas repris ses affaires?

— Au moment où j'aurais pu les reprendre, je n'y pensais même pas. Je voyageais. Je passais l'été à la montagne, au Tyrol ou au Caucase, l'hiver en Crimée ou sur la Côte d'Azur.

— Vous êtes enfant unique, je crois?

— Non, j'ai une sœur.

— C'est vrai. J'oubliais. Votre père est mort?

— Il a fait des spéculations malheureuses et quand sa fortune a été détruite il a disparu à son tour, laissant juste de quoi vivre à ma mère et à ma sœur.

Moïse Kaler regardait la nappe sans avoir l'air de se douter que quelqu'un parlait. Valesco, de temps en temps, enveloppait Nagéar d'un bref regard. C'était Mme Baron qui buvait ses paroles, tandis qu'Antoinette, comme Domb, feignait de penser à autre chose.

M. Baron avait déjà reculé son fauteuil d'osier et déployé *La Gazette de Charleroi*. La journée avait été plus froide que les précédentes. Le ciel était devenu très pâle et l'eau avait gelé dans les ruisseaux, le long des trottoirs, où les enfants faisaient des glissades.

— Vous devriez sortir un peu, bien enveloppé, monsieur Elie, avait insisté plusieurs fois Mme Baron, c'est à force de vous traîner d'une chaise à l'autre que vous vous rendez malade.

Il se mouchait moins. Son torticolis n'était sensible que par intermittence, quand, par exemple, il restait une heure ou deux assis devant le feu. Mais il ne voulait pas sortir. Il n'était bien qu'entre les murs de la maison, entre sa chambre et la cuisine et, chose étonnante, bien qu'il n'eût rien à faire, il ne s'ennuyait pas. C'est à peine s'il avait le courage de s'habiller. Comme M. Baron, il restait sans faux col, le bouton de cuivre sur la pomme d'Adam, et ses pieds traînaient des pantoufles sur les carreaux.

— Vous n'avez pas de portrait de votre sœur?

— Hélas! non. Si j'avais eu mes photographies, je vous aurais montré notre villa de Prinkipo.

— Qu'est-ce que c'est, Prinkipo?

— C'est une île, sur la Marmara, à une heure de Stamboul. Dès le début du printemps, on quitte la ville pour habiter Prinkipo, car le climat y est magnifique. Chacun a son caïque.

— Un caïque?

— Une barque à voile, très légère. Le soir, vous voyez des douzaines de caïques qui se promènent sur une mer plus calme qu'un lac. On emmène des musiciens. Sur les rives se dressent les minarets. Il y a tant de fleurs que l'air enivre...

Il ne mentait pas. Tout cela était vrai. Il revoyait les paysages avec assez de netteté pour les dessiner. Et pourtant il ne les sentait pas. Il avait peine à se persuader qu'il avait passé là-bas la plus grande partie de sa vie.

C'est pour cela qu'il en parlait, et aussi parce qu'il voyait Mme Baron suspendue à ses lèvres. Comme Antoinette bougeait, elle lui dit nerveusement :

— Reste donc tranquille, quand M. Elie parle!

Car elle écoutait ses phrases comme les ritournelles d'une romance.

— Comment les gens sont-ils habillés?

— Comme partout... Cependant, avant l'arrivée au pouvoir de Mustapha Kémal, la plupart des gens portaient le costume oriental.

— Vous aussi?

— Non! Je ne suis pas musulman. Dans la bonne société de Péra, on s'est toujours habillé comme à Paris, sauf que l'on se coiffe d'un fez.

Domb se leva, irrité, et monta dans sa chambre, après une sèche inclinaison du buste. Mme Baron oubliait de commencer sa vaisselle et M. Baron, qui fumait, lançait parfois un petit coup d'œil par-dessus son journal.

— A présent, la vie à Péra n'est plus la même, à cause de la crise, mais il y a quelques années c'était peut-être plus brillant qu'à Paris. On entendait parler toutes les langues. Les gens étaient très riches.

Il ne mentait pas et il avait l'impression de mentir! Il cherchait dans sa mémoire quelque chose à raconter encore, quelque chose de consolant et de fluide comme une chanson napolitaine.

— Lorsque nous allions aux Eaux douces d'Asie...

Il avait fini de manger et il se renversa sur sa chaise comme il l'avait vu faire par les autres locataires.

— Votre mère et votre sœur savent que vous êtes en Belgique?

— Non. Je ne leur ai pas encore écrit.

Mme Baron se décida à laver sa vaisselle et tendit un torchon à Antoinette.

— Chez nous, dit Valesco, c'est à Constanza, sur la mer Noire, que se déploie la vie élégante.

Mais on ne l'écoutait pas. La Roumanie n'intéressait personne.

— Il n'y a pas de comparaison avec le Bosphore!

Moïse Kaler, qui n'eût pu parler que du ghetto de Vilna, s'en alla sans bruit.

— Pourquoi ne passeriez-vous pas la soirée au théâtre, monsieur Elie? Il y a ce soir une troupe de Bruxelles. Le tram 3 vous dépose juste en face.

— Je n'y tiens pas.

— Vous n'aimez pas le théâtre?

— J'y suis tellement allé! Chez nous, d'habitude,

90

on ne se couche pas avant trois ou quatre heures du matin...

L'eau grasse clapotait dans la bassine et la faïence s'entrechoquait. Elie fumait des cigarettes et regardait devant lui, parfaitement paisible, la chair imprégnée de rhume et de bien-être. Les deux se mêlaient. Il n'avait aucune envie de guérir et, quand il ne sentait plus la moindre fièvre, il buvait un grog brûlant qui faisait monter la sueur à la peau.

— Vous comptez rester longtemps en Belgique? Je suis sûre que vous vous ennuierez bientôt. Habitué comme vous l'êtes à une autre existence...

Ce qui avait surtout ébloui Mme Baron, c'était le contenu de ses valises, car il avait du linge de soie marqué à son chiffre, un nécessaire de toilette en argent, tout un lot de cravates et un habit bien coupé.

— Vous le portez souvent?

— Chaque fois que je sors le soir.

Or, lui-même regardait son habit avec un certain étonnement. C'est à peine s'il pouvait se persuader que deux semaines auparavant il était encore à bord du *Théophile-Gautier* où, chaque soir, un des soupirants de Sylvie offrait le champagne.

Ici, tous les mots avaient une autre valeur. Quand il disait « champagne », Mme Baron évoquait de somptueuses orgies. Il en était de même des plus petits détails, de l'habit, du linge de soie, des domestiques dont il parlait.

— Combien y avait-il de domestiques, chez vous?

— Attendez... Sept, en comptant une vieille nounou qui était comme de la famille... Je ne compte pas les jardiniers de Prinkipo, ni l'institutrice de ma sœur...

Le plus renversant c'est que c'était vrai et qu'il finissait par en douter!

C'était vrai aussi que son père était mort trois ans plus tôt après avoir perdu sa fortune. La vie de la famille avait-elle tellement changé? Dans leur appartement de Péra, sa mère et sa sœur avaient encore une bonne et la vieille nounou. La maison de Prinkipo n'était pas vendue, car on n'en avait pas trouvé acquéreur, et dès les premiers rayons de soleil les deux femmes s'y installaient.

Quant à Elie, était-il malheureux? Il faisait comme les autres, comme des centaines de jeunes gens turcs que la crise avait ruinés et qui se promenaient des heures durant dans la grande rue, récitaient des vers, buvaient un *raki* en grignotant des petits poissons fumés et, parfois, accrochaient une affaire.

Un jour, il avait gagné mille livres turques en servant d'intermédiaire dans la vente d'un vieux navire anglais au gouvernement grec. Et si l'affaire des tapis avait réussi...

— Vous ne sortez pas, monsieur Valesco?

— Impossible! Maintenant, il faut que j'attende la fin du mois. J'aime mieux ça que sortir sans argent en poche...

— Je sais! quand vous avez de l'argent, vous ne restez pas dans ma cuisine. C'est à peine si on vous voit aux repas.

La vaisselle était finie. Mme Baron, comme d'habitude, alla chercher son panier à légumes et un seau. Son mari se leva en soupirant, bâilla et se dirigea vers la porte. On entendit son pas dans l'escalier.

— Il fait le train de nuit, expliqua Mme Baron. Demain matin, il sera à Herbestal et il ne rentrera que dans la nuit prochaine. Tu as préparé ses vêtements, Antoinette?

— Oui. Et j'ai recousu le bouton.

Valesco, qui s'ennuyait, resta un moment debout, puis demanda à Elie :

— Vous ne venez pas faire un billard au café du coin?

— Merci.

— Dans ce cas, je vais me coucher. Bonsoir.

On entendait le crissement saccadé du couteau qui épluchait les pommes de terre et parfois le bruit d'une pomme qui tombait dans le seau.

— C'est agréable de voyager, soupira Mme Baron. Moi qui n'ai jamais pu le faire...

Elie vit Antoinette lever la tête et remarqua qu'elle était pâle. Elle le regardait aussi. Elle essayait de lui faire comprendre quelque chose, tout en poussant vers lui le journal déployé...

— Si on ne le fait pas quand on est jeune... poursuivait Mme Baron, qui ne s'apercevait de rien.

Elie prit son temps avant d'attirer le journal.

Un gros titre s'étalait sur trois colonnes, car une explosion de grisou avait enseveli onze mineurs dans un charbonnage de Seraing. Tout à côté, en caractères plus maigres, on lisait : *L'assassinat du Hollandais.*

— Vous ne voyez pas souvent les journaux, remarqua Mme Baron sans lever la tête. Il est vrai que les journaux belges ne doivent pas vous intéresser.

« Ce matin, une banque de Bruxelles a trouvé dans un pli qui lui était expédié par sa succursale de Gand, trois des billets volés à M. Van der Cruyssen dont nous avons relaté l'assassinat dans le rapide de Paris.

« Aussitôt la Sûreté Générale a été avisée et il est probable qu'une commission rogatoire sera nommée afin de poursuivre à Gand les investigations.

« A propos de cette affaire, *Le Journal,* de Paris, signale une conséquence curieuse de la différence des lois et usages des deux pays.

« C'est ainsi que, si le crime avait été commis avant la frontière, en territoire belge, l'assassin ne risquait que les travaux forcés à perpétuité, la peine de mort étant virtuellement supprimée en Belgique.

« Mais les douaniers sont formels et ils connaissaient M. Van der Cruyssen, qui était bien en vie au passage du train à Quévy.

« C'est donc des tribunaux français que le meurtrier est justiciable et du coup sa tête est en jeu... »

Elie sentait le regard d'Antoinette fixé sur lui et il faisait un effort douloureux pour garder son sang-froid. Ce fut impossible. Il repoussa le journal de quelques centimètres, d'une main si moite qu'elle laissa une trace humide sur le papier.

Par bonheur, Baron descendait, en uniforme, et sa femme ne s'occupa que de lui. Il avait une boîte en fer où elle rangea des tartines, puis elle emplit de café au lait une bouteille Thermos.

En face d'Elie, il y avait toujours le visage d'Antoinette, et l'immobilité de ses prunelles rousses.

Or, il avait peur de s'évanouir. C'était irraisonné. Il lui semblait que sa chaise vacillait sous lui. Il essayait en vain de ne plus voir Antoinette dont le regard se faisait plus dur, plus méprisant dans le pâle visage.

— Meilleure santé, monsieur Elie...

Il se rendit à peine compte qu'il serrait la main du chef de train. Mme Baron accompagna son mari jusqu'à la rue et un courant d'air pénétra la cuisine.

— Vous êtes un lâche! dit vivement Antoinette, profitant de leur solitude.

Il ne comprit pas. Autour d'elle, il distinguait les carreaux de faïence de la cuisinière, la bouilloire qui chantait, les pommes de terre toutes nues dans le seau émaillé. Mais c'était si inconsistant, cela reculait si vite qu'il jeta ses deux mains sur la table pour se retenir.

La porte de la rue se refermait. Les pas de Mme Baron se rapprochaient et Antoinette soufflait :

— Attention.

Sa mère les regarda tour à tour, regarda surtout Antoinette d'un œil soupçonneux. Deux fois déjà elle lui avait dit :

— Tu n'es pas très aimable avec M. Elie.

Elle prit son couteau à éplucher ainsi qu'une pomme de terre.

— Moi, à votre place, je sortirais quand même. Il est à peine neuf heures et demie. Vous dormez beaucoup trop.

Mais il collait à sa chaise, à la cuisine, à la maison.

— Moi, je ne voudrais pas d'un homme qui serait toujours dans mes jambes, prononça Antoinette.

— Toi, on ne te demande rien! C'est pour le bien de M. Elie que je parle, comme si j'étais sa maman.

Il se leva avec effort.

— A la bonne heure! Je vous ai donné une clef, n'est-ce pas? Veillez seulement à ne pas vous refroidir.

Il n'était pas encore parti. Dans sa chambre, il

resta un long moment assis sur son lit, mais le calme de la pièce, où il connaissait déjà la place de chaque objet, l'épouvanta. Il n'avait qu'un pardessus de demi-saison. Il l'endossa, s'entoura le cou d'une écharpe de laine.

Quel besoin Antoinette avait-elle de lui faire lire cet article? Comment disait-on encore?

« ... *et du coup sa tête est en jeu...* »

Jamais cette idée ne l'avait seulement effleuré! Il oublia d'éteindre la lumière. Dans le corridor, il se tourna vers la cuisine et, à travers les vitres, vit Antoinette et sa mère toujours assises dans une atmosphère si quiète qu'il devina le tic-tac du réveille-matin posé sur la cheminée.

Dehors, il grelotta. Le sol était dur. C'était la première fois qu'il voyait ce décor dans l'obscurité et il ne le reconnaissait pas.

Il n'y avait d'éclairée que la vitrine de l'épicerie, en face, un peu sur la gauche. Ou alors, il fallait regarder très loin, vers la ville, que reliait à la maison une guirlande de becs de gaz.

Il ne passait personne. Les seuls pas qui résonnaient étaient au moins à cinq cents mètres et ils s'arrêtèrent, puis on entendit le bruit d'une sonnette, puis encore celui d'une porte que l'on ferme.

Elie ne pouvait pas rester immobile. Il marcha, hésitant, le chapeau rabattu sur les yeux, le col du pardessus relevé. En même temps, il avait la sensation qu'il n'était pas dans une vraie rue, ni dans une vraie ville.

Les maisons ne formaient pas des blocs comme ailleurs. Il n'y avait pas de rues transversales. Par exemple, dix ou douze maisons s'alignaient, toutes

pareilles, et après c'était le vide, et au fond du
des terrains vagues, des chantiers, des rails. Venaient
encore quelques maisons et un nouveau vide, des
voies luisantes qui traversaient la rue.

Au-dessus, dans la nuit, des cheminées crachaient
du feu et le ciel avait des rougeurs de cuivre.

Elie marchait vite, sans raison. Il n'avait pas envie
de marcher. Il ne voulait aller nulle part. Il passa
près d'un estaminet mal éclairé et distingua la tache
verte d'un billard, sans doute le billard de Valesco.

Une famille venait à sa rencontre : le père, la mère
et deux enfants qu'on tenait par la main. Elie
entendit au vol :

— J'ai toujours dit à ta belle-sœur qu'elle avait
tort de...

Le reste se perdit. Il ne voulait pas aller plus loin.
A deux cents mètres, maintenant, il y avait des
lumières, des boutiques, un cinéma dont on entendait
la sonnerie, des silhouettes sur les trottoirs.

Elie s'arrêta, regarda un moment, de loin, avec des
yeux effrayés, et soudain il fit demi-tour. Il fuyait. Il
se retenait pour ne pas courir. Une panique physique
lui enlevait tout contrôle de lui-même et l'empêchait
de respirer.

Il avait oublié sa clef. Il marchait sans perdre une
seconde, comme s'il eût été poursuivi et il crut même
entendre des pas sur ses talons.

Il reconnut la maison, la porte. N'était-ce pas sa
maison depuis toujours? La serrure laissait voir la
lumière de la cuisine. Il ne sonna pas, comme un
étranger, mais fit jouer le battant de la boîte aux
lettres.

L'eau lui coulait sur les tempes et sur les joues.

Une silhouette s'interposa entre la lumière et la porte qui s'ouvrit.

C'était Antoinette. Elle ne dit pas un mot. Elle le laissa passer devant elle, immobile, la main sur la poignée.

— Il fait froid, dit-il en faisant quelques pas.

— Vous feriez mieux de vous coucher.

Il entra chez lui et retira son pardessus. Il eût aimé qu'Antoinette le suivît. Il ne lui faisait pas signe à proprement parler, mais il la regardait avec une insistance suppliante.

— Vous avez tout ce qu'il vous faut?

L'inspiration lui vint.

— Je voudrais du feu. J'ai froid.

Elle le laissa seul, mais elle n'avait pas refermé la porte, ce qui indiquait qu'elle reviendrait. En effet, il entendit le bruit déjà familier du seau à charbon qu'elle remplissait dans le placard. Les deux femmes échangèrent quelques mots, dans la cuisine.

— Je vais lui préparer un grog, dit Mme Baron.

Antoinette revint, dédaigneuse, posa son seau, déploya un journal, ouvrit le couvercle du poêle. Il était plein de cendres refroidies et elle dut s'agenouiller pour le vider.

— Antoinette... appela Elie dans un souffle.

Elle ne broncha pas. Assis au bord de son lit, les mains pendantes, il répéta :

— Antoinette...

— Eh bien? répliqua-t-elle à voix haute.

Il eut peur. Il n'insista pas. Il balbutia seulement, sans même être sûr qu'elle l'entendait :

— Vous êtes méchante...

Elle fit un petit tas de cendres et les ramassa avec la pelle, puis chiffonna le papier sur la grille.

— Vous avez des allumettes?

Il se précipita, heureux d'entendre sa voix, voulut l'aider.

— Je vous demande seulement des allumettes.

Le papier flamba, bientôt recouvert de morceaux de bois. Antoinette, qui regardait monter les flammes, se tourna soudain vers son compagnon.

— Vous avez encore des billets?

Il ne savait que répondre. Elle était si catégorique qu'il alla jusqu'à la garde-robe, se souleva sur la pointe des pieds et prit la liasse de billets qu'il avait cachée au-dessus du meuble.

— Donnez!

Simplement, comme si c'eût été son droit, elle jeta le paquet dans les flammes et, voyant qu'il ne brûlait pas assez vite, le dispersa du bout du tisonnier.

Il ne protestait pas. Il écoutait, pour s'assurer que Mme Baron était toujours dans la cuisine. Enfin il s'approcha de la jeune fille, tendit les deux mains, humble, suppliant.

— Qu'est-ce que vous voulez?

Elle était calme, sans colère, avec du mépris plein la bouche.

— Antoinette... Si vous saviez...

— Sans blague!

Et elle rit, saisit la charbonnière dont elle versa la moitié du contenu dans le poêle. Elle ferma encore la clef, s'assura d'un coup d'œil que tout était en ordre et laissa tomber :

— Couchez-vous.

Ses pas s'éloignèrent, la porte de la cuisine se

referma, le murmure assourdi des voix des deux femmes faiblit encore.

— Antoinette... répéta-t-il machinalement, assis au bord du lit, tête basse.

Il la voyait aussi bien que si elle eût été là, le corps roide sous la robe noire, les épaules anguleuses, les seins à peine formés et si étrangement écartés, les ailes du nez piquetées de taches de rousseur.

— Couchez-vous! avait-elle dit.

Et pourtant il savait qu'elle s'occupait de lui toute la journée et que, quand il parlait de Stamboul, elle était la plus attentive.

— Antoinette...

Il regarda son lit vide, puis le commutateur électrique et il sua à nouveau, à l'idée qu'il faudrait éteindre et qu'il serait tout seul près du poêle qui faisait un bruit de moteur.

En se penchant un peu, il se voyait dans la glace du lavabo, mais il détourna la tête et, en retirant sa chemise, il évita de toucher son cou.

Il faisait la même grimace que s'il eût pleuré, mais il ne pleurait pas et quand il se coucha enfin, dans le noir, il répéta les poings serrés, en mordant son oreiller :

— Antoinette...

Il avait peur. Il enrageait. Il tendait l'oreille aux bruits de la cuisine où la mère et la fille travaillaient toujours.

Valesco marcha au-dessus de sa tête, ferma la porte à clef et se coucha.

VII

La montre était arrêtée, mais il devait être un peu plus de neuf heures, car Elie, tout en s'habillant, voyait les voisines s'agiter autour de la charrette à bras pleine de légumes qui venait de s'arrêter. Comme il faisait très froid, elles piétinaient sur place et il y en avait entre autres une maigre aux cheveux blonds dont le nez était cramoisi. Pendant qu'elles fouillaient dans les paniers, le marchand embouchait une trompette qui avait un son aigu et Mme Baron ne tarda pas à sortir, elle aussi, son porte-monnaie à la main, et à courir vers la charrette.

— Entrez, dit Elie comme on frappait à sa porte.

Et il croyait que c'était Antoinette qui venait recharger le feu.

Valesco s'avança dans la pièce, en pardessus, le chapeau sur la tête, des livres sous le bras.

— Il fait bon, chez vous! Comment allez-vous?

Elie ne comprit pas tout de suite et cette visite lui fit d'abord plaisir, mais le Roumain, qui voyait Mme Baron acheter un chou-fleur, poursuivit sur un ton léger :

— Il faut que je vous demande un service. Notre hôtesse commence à trouver que mon mandat n'arrive pas vite. Je ne peux pas lui dire qu'il est arrivé depuis dix jours et qu'il est dépensé. Voulez-vous me prêter trois cents francs jusqu'à la semaine prochaine? Entre étudiants... Tiens! Vous avez le même rasoir que moi... C'est une très brave femme, mais elle a ses idées sur les questions d'argent, ce qui ne signifie pas qu'elle soit plus intéressée qu'une autre...

Elie, sans mot dire, cherchait son portefeuille au fond d'une valise. Il lui restait à peu près neuf cents francs sur le billet de mille qu'il avait fait changer par le coiffeur. Il tendit trois coupures à Valesco qui les poussa dans sa poche d'un geste désinvolte.

— A charge de revanche!

L'instant d'après sa tête passait à hauteur de l'appui de la fenêtre, en premier plan, tandis que les voisines continuaient à tâter les légumes.

Elie n'aurait pas pu définir l'impression que cet incident lui laissait. Il avait un poids sur sa poitrine et il sentit que ce serait pour toute la journée. Il continuait à regarder le portefeuille ouvert. Il compta cinq billets de cent francs, mais il lui restait de la monnaie dans les poches.

Peut-être cinq cent quarante francs en tout.

En tout oui! Littéralement tout, puisqu'il n'avait rien d'autre! Les billets français, désormais sans valeur, étaient brûlés! Et le billet qu'il avait remis à Mme Baron pour sa pension était sans valeur aussi! Antoinette le savait! Mme Baron s'en apercevrait peut-être!

Or, la pension d'un mois coûtait huit cents francs!

Il n'y avait pas encore pensé et il en restait effaré. A supposer qu'il doive s'en aller brusquement...

Non! Il ne s'en irait pas! Il était plus en sûreté dans la maison que partout ailleurs. Personne ne viendrait l'y chercher.

Mais quand Mme Baron lui demanderait de l'argent? Elle le soignait mieux que les autres parce qu'elle croyait qu'il payait plus cher. Il avait son couvert complet, au bout de la table, et le soir il était seul à manger de la viande et des légumes, seul aussi à avoir du feu dans la chambre toute la journée.

Elle était rentrée. La charrette du marchand de légumes s'arrêtait un peu plus loin. Un tram vide passait. Et Elie s'affolait à l'idée que, faute d'argent, la maison pourrait lui manquer. Il regrettait les trois cents francs prêtés à Valesco. Aurait-il pu refuser? Ne devait-il pas être bien avec tout le monde?

— Monsieur Elie!

Mme Baron l'appelait et, quand il entra dans la cuisine, elle était occupée à cuire ses œufs.

— Il faut que je vous serve avant d'aller faire mes chambres. Comment allez-vous ce matin?

En l'absence de M. Baron, Elie occupait le fauteuil d'osier qui avait un craquement particulier lorsqu'on s'y asseyait. La cuisine sentait le lard et les œufs. La table était débarrassée, sauf le coin de Nagéar.

— Vous n'avez besoin de rien d'autre? Je monte vite, car je voudrais faire le repassage cet après-midi.

Quelques instants plus tard, il l'entendit là-haut qui parlait à Moïse et il devina :

— ... travailler dans la cuisine... a-t-on idée... pardessus... une bonne pneumonie...

Moïse ne tarda pas à descendre, des cahiers à la main. Il les étala à l'autre bout de la table et, après avoir grogné un bonjour, il commença à écrire au crayon. Il avait les doigts lourds. Il appuyait très fort son crayon sur le papier et la table était agitée d'un tremblement continu.

Elie, qui n'avait pas faim, mangeait sans y penser et il ne parvenait pas à oublier l'histoire des trois cents francs. Il en arrivait à envier Moïse, qui ne recevait pas beaucoup d'argent, mais qui en aurait toujours assez pour payer sa place dans la maison.

Le Polonais ne levait pas la tête. Sa grosse main courait sur le papier, son dos était rond, ses joues chauffées par le poêle, et dans le calme de la cuisine il semblait parfaitement heureux.

Elie se leva pour prendre la cafetière et se verser une seconde tasse de café. Il alluma ensuite une cigarette et regarda devant lui, en proie à une sensation d'équilibre instable.

— Il y a longtemps que vous êtes dans la maison? demanda-t-il soudain en yiddish.

N'était-ce pas un moyen de se rapprocher de Moïse, de lui faire sentir qu'il y avait entre eux des liens particuliers?

— Un an, répliqua Moïse, en français, sans cesser d'écrire.

— Vous ne parlez pas yiddish?

— Je parle aussi bien le français et je suis ici pour me perfectionner.

Il eut un regard pour Elie et c'était un regard d'ennui, comme s'il eût regretté d'être dérangé dans son travail. Nagéar se leva, rentra chez lui et regarda le paysage noir et blanc, car les maisons étaient vraiment noires de charbon, les pavés blancs de gel.

Les pas, dans la chambre d'au-dessus, devaient

être ceux d'Antoinette, car Mme Baron était dans les mansardes.

Quand Elie retourna dans la cuisine et prit un vieux numéro des *Lectures pour Tous* qui traînait sur le buffet, le dos de Moïse n'eut pas un frémissement.

— Vous ne fumez pas?

— Jamais.

— Par goût ou par économie?

La question resta sans réponse et Elie tourna les pages du magazine en regardant les images. Dans cette maison où il y avait toujours une énorme cafetière sur le fourneau, il prenait l'habitude de boire du café à toute heure et il s'en servit à nouveau, demanda à son compagnon :

— Une tasse aussi?

— Merci.

— Pas de tabac? Pas de café? Et pas d'alcool, je parie?

Il était aimable. Il souriait, cherchait à créer coûte que coûte un peu de cordialité entre eux. Mais Moïse, son front tourmenté dans la main, ne cessait d'écrire.

N'était-ce pas extraordinaire de penser que depuis sept ans il se privait de tout pour poursuivre ses études?

« Il n'a jamais dû avoir de femme! » songea Nagéar.

Ni femme, ni autre joie que celle de travailler à cette place ou, encore en pardessus, les épaules sous une couverture, dans sa chambre sans feu. Mme Baron avait même dit qu'au début il lavait lui-même son unique chemise dans la cuvette et qu'il tirait dessus pendant qu'elle séchait pour éviter le repassage. Depuis, elle l'avait obligé à s'acheter une seconde chemise et chaque semaine elle lui en lavait une, gratuitement.

Trois grandes feuilles de papier étaient déjà couvertes d'écriture et, outre le bruit du crayon et le frémissement de la table, on n'entendait que le tic-tac du réveille-matin qui marquait dix heures et quart.

— Qu'est-ce que vous croyez que je sois? questionna soudain Elie, qui avait cette question sur les lèvres depuis quelques minutes.

Il ne savait pas encore où il voulait en arriver, mais il éprouvait le besoin de se rapprocher de Moïse qui l'attirait et l'effrayait tout ensemble.

Cette fois le Juif polonais leva la tête et un moment son regard resta fixé sur Nagéar, mais sans qu'on pût y lire le moindre sentiment.

— Cela m'est égal, dit-il enfin en recommençant à écrire.

Cette indifférence même mettait Elie en rage et une fois de plus, comme il le faisait vingt fois par jour, il marcha jusqu'à sa chambre où il n'avait rien à faire et d'où il sortit aussitôt.

— Ecoutez... Je me sens une confiance absolue en vous et je voudrais vous charger d'une commission pour le cas où il m'arriverait quelque chose...

C'était du bluff. Il n'avait jamais pensé à une commission de ce genre. L'idée venait de lui passer par la tête et elle lui semblait propre à impressionner son interlocuteur. Moïse, en effet, avait encore redressé la tête et même, cette fois, il avait posé son crayon sur la table.

— J'aimerais mieux que vous ne continuiez pas, articula-t-il.

Il se leva. Elie se demandait ce qu'il voulait faire. Le sang lui affluait aux joues et il était prêt à n'importe quelle confidence.

— Je croyais qu'un coreligionnaire...

Moïse rassembla ses papiers et, toujours debout, prêt à sortir, prononça sans élever la voix :

— A quoi espérez-vous arriver?

On ne pouvait pas savoir si ces mots correspondaient à la conversation ou visaient la conduite générale d'Elie.

— Si vous le prenez ainsi...

— Je ne prends rien du tout. Cela ne me regarde pas. Seulement Mme Baron est très bonne pour moi et j'aimerais que vous ne lui attiriez pas d'ennuis...

Il sortit, marcha lentement le long du vestibule et gravit l'escalier en réfléchissant.

Seul dans la cuisine, Elie s'efforçait de sourire. Il sentait que le vide venait de se faire autour de lui et il en restait dérouté. C'était, en plus fort, la même sensation d'équilibre précaire que lui avait donnée le matin la vue de sa maigre fortune.

C'était sa faute. S'il s'était acharné sur Moïse, n'était-ce pas justement parce qu'il pressentait que le Juif savait quelque chose?

Personne ne pouvait le voir et il souriait quand même, pour faire passer l'affront à ses propres yeux.

— Un envieux! dit-il à mi-voix.

Il tira le fauteuil d'osier près du poêle et, avant de s'asseoir, rechargea le feu. Mme Baron descendait l'escalier avec des seaux. Elie remarqua qu'il n'y avait presque plus d'eau dans la casserole où cuisaient des pommes de terre et en remit. L'hôtesse le surprit dans ce travail et son visage s'éclaira.

— C'est bien, cela, monsieur Elie! Vous n'êtes pas comme M. Moïse, vous. Il a beau rester le nez sur le poêle pendant des heures, cela ne l'empêche pas de laisser brûler la viande. Il est vrai qu'il travaille tant!

Elie reprit sa place avec une moue pudique.

— Vous vous ennuyez?

— Non, je vous assure.

— Evidemment, c'est moins gai et moins luxueux que chez vous. Je ne comprends pas que vous ne sortiez pas un peu. Quand je vous regarde en même temps qu'Antoinette, j'ai l'impression que c'est elle le garçon et vous la fille.

Il était prêt, si elle l'eût permis, à éplucher les pommes de terre, et même à astiquer les cuivres. Une seule chose comptait : rester là, au chaud, entre les murs peints à l'huile, dans une odeur qui lui était déjà plus familière que celle de sa maison natale.

— Antoinette! cria Mme Baron dans le corridor. Descends-moi les seaux à charbon.

Elie n'avait pas encore vu Antoinette ce jour-là et il la regarda avec plus que de la curiosité. Elle feignit de ne pas s'apercevoir de sa présence, posa les deux seaux à charbon sur les pavés.

— Eh bien! tu ne dis pas bonjour à M. Elie?

— Bonjour.

— Tu veux une gifle?

D'instinct, elle leva un bras pour protéger son visage.

— Laissez-la... intervint Nagéar.

— Je ne supporte pas ces grossièretés-là! Surtout que vous êtes si aimable avec elle et avec tout le monde...

Antoinette fixa Elie de ses yeux roux comme pour dire : « Je vous revaudrai cela! »

Et lui se blottissait dans son fauteuil où il avait l'impression que, depuis quelques instants, il était entré plus avant.

Sur les murs blancs du *Merry Grill,* le décorateur avait d'abord tracé des ondulations bleu clair qui représentaient la mer. Entre ces lignes, il avait peint des poissons roses, verts et dorés qui nageaient dans un même univers qu'une barque de pêche, un trois-mâts et même que des baigneuses allongées sur ce qui devait être du sable.

L'ensemble était gai. La salle était petite et peu de personnes suffisaient à l'animer. L'éclairage changeait de couleur à chaque instant, ce qui ajoutait à l'impression d'échapper à la vie réelle.

Il n'y avait pas encore beaucoup de monde, ce soir-là. Le jazz n'en était qu'au deuxième morceau et les danseuses arrivaient l'une après l'autre, se disaient bonjour de loin, serraient en passant la main du barman et allaient s'asseoir à une table, devant une coupe à champagne vide.

Dans un coin, à l'abri d'une colonne, Sylvie était installée en compagnie du jeune homme à lavallière qui venait depuis trois jours.

— Vous êtes préoccupée, disait-il. Je le sens. Et vous ne voulez pas vous confier à moi.

Elle le regarda sans le voir, murmura machinalement :

— Mais non, mon petit!

Il lui avait saisi la main, sur la banquette, et il la

pressait tendrement, poursuivant d'une voix émue :

— Je voudrais tant que vous me disiez vos peines, comme à un ami...

Elle sourit et lui tapota les cheveux qu'il portait longs comme un poète, mais elle ne cessait de regarder la porte, ni de penser à autre chose. Quand elle vit entrer Jacqueline, qui avait un manteau de taupe, elle eut un mouvement pour se lever, se ravisa, murmura :

— Vous permettez quelques instants? Il faut que je parle à ma camarade...

Le chasseur débarrassa Jacqueline de sa fourrure et Sylvie entraîna son amie vers le bar.

— Eh bien?

— Rien... Ou plutôt je ne suis pas sûre... En entrant, il m'a semblé qu'il y avait un type à quelques pas de la porte... J'ai appelé Joseph et il m'a dit que l'autre était là depuis une heure...

C'était un jour creux. Il y avait peu de clients. Du palier, le gérant en smoking contemplait mollement la salle.

— Ton artiste est encore là! remarqua Jacqueline. Pauvre gosse...

— Hier, je lui ai demandé de ne plus venir et il a pleuré... J'ai engueulé la Boiteuse qui lui a refilé des cigarettes à vingt-deux francs.

Elles pensaient toutes deux à autre chose et Jacqueline finit par murmurer :

— Qu'est-ce qu'on décide?

— Je ne sais pas. Donne-moi quelque chose de raide, Bob...

Elle avala d'un trait l'alcool que le barman lui servait. Elle réfléchissait. Elle n'apercevait le jeune homme, à sa table, que comme une ombre à peine plus consistante que les poissons du mur.

— Du moment qu'on a retrouvé des billets à Gand...

— Moi, dit Jacqueline, je crois que le mieux, c'est de se mettre à table. Ils ne demandent qu'à nous tomber dessus et Dieu sait jusqu'où ça peut aller...

Sylvie tendit l'oreille à la sonnerie amortie du téléphone et, tandis que le gérant disparaissait, se dirigeant vers la cabine, elle eut le pressentiment que c'était pour elle.

— Attends-moi!

Elle atteignait à peine le palier que le gérant sortait de la cabine.

— Tiens! Vous êtes là! C'est justement vous qu'on demande...

— Allô!

Elle parlait bas, car elle savait qu'on pouvait tout entendre.

— Mademoiselle Sylvie? C'est mademoiselle Sylvie elle-même qui est à l'appareil?

— Mais oui!

— Ici, le portier du *Palace*...

La voix baissa, ne fut plus qu'un murmure.

— On est venu m'interroger tout à l'heure... Vous comprenez?... Ils savent que vous étiez ici avec M. Elie... J'ai tenu à vous avertir pour le cas...

Le gérant la regarda passer et se diriger vers le bar. Elle adressa de loin un sourire à son jeune homme qui attendait que vînt son tour.

— Ça y est! dit-elle à Jacqueline.

— Quoi?

— Ils ont trouvé la piste du *Palace*. Où as-tu mis les billets?

— Dans mon sac.

Jacqueline avait son sac à la main. Sylvie le prit, se tourna vers le bar d'acajou, parvint à retirer les billets sans être remarquée et à les glisser dans son corsage.

— Qu'est-ce que tu vas faire? Et moi qu'est-ce que je dois dire?

— Toi, tu es parée. Je t'ai demandé d'aller changer des billets. Tu ne sais rien.

— Et c'est la vérité. Quand je suis allée à Gand, je ne savais rien...

Deux couples dansaient. Sylvie serra furtivement les doigts de son amie.

— Laisse-moi faire.

Et elle marcha vers la banquette où le jeune homme sourit de bonheur.

— Elle est beaucoup moins jolie que vous, affirma-t-il. Qu'est-ce que vous buvez?

— Nous avons déjà bu...

— Oui, mais on a repris les verres vides...

Elle regarda méchamment le garçon, mais il faisait son métier en poussant à la consommation.

— Une orangeade...

Son jeune homme était encombrant et pourtant elle n'était pas fâchée qu'il fût là, parce qu'il lui donnait une contenance. Bien que Jacqueline fût arrivée, Sylvie continuait à observer l'entrée et une fois de plus elle eut un pressentiment quand elle entendit le pas d'une seule personne dans l'escalier et la voix du gérant qui disait comme d'habitude:

— Par ici! Les numéros vont commencer...

Personne n'entra. On n'entendait plus rien sinon la porte du cercle qui s'ouvrait et se fermait. Car, officiellement, le *Merry Grill* était un cercle privé, ce qui permettait d'y débiter de l'alcool. Pour la vraisemblance une petite pièce, de l'autre côté du palier, où il y avait deux fauteuils et une table encombrée de magazines, tenait lieu de salon.

— Cette vie artificielle vous plaît? demanda le jeune homme en rougissant de son audace.

La réplique vint sans qu'elle le voulût.

— Vous appelez ça une vie artificielle, vous?

— Je voulais dire...

Elle s'était déjà reprise. Comme si ce gosse pouvait comprendre! Elle tendait l'oreille et pourtant elle savait qu'il était impossible d'entendre ce qui se disait dans le salon.

Jacqueline, en soie mauve, s'était assise près de l'orchestre et avait déjà dansé deux fois.

— Je vous demande pardon si je vous ai blessée...

— Mais non, mon petit!

Elle aurait voulu le faire taire. Ses nerfs étaient tendus. D'une minute à l'autre, le smoking du gérant se dessinerait dans l'encadrement de la porte. Seulement c'était plus long qu'elle n'avait prévu.

— Vous permettez?

Elle se précipita vers le bar.

— Vite! Encore un alcool...

Il était temps. Le gérant était là, en effet, qui lui adressait un signe. Elle prit la peine d'arranger ses cheveux en se regardant dans le miroir du bar, entre les bouteilles.

— Dis à Jacqueline qu'elle ne s'en fasse pas...

Le gérant la regardait s'approcher.

— Il y a là quelqu'un qui...

— Je sais!

Elle poussa la porte du « privé » qu'elle referma derrière elle et fit face à un homme d'une quarantaine d'années, en pardessus noir à col de velours, qui feignait de feuilleter les magazines.

— Sylvie Baron? Asseyez-vous, je vous prie...

Il lui tendit une carte d'inspecteur de la Sûreté belge.

— Vous devinez ce qui m'amène?

— Parfaitement!

Et elle comprit que ce « parfaitement » le déroutait.

— Ah! bien... très bien... dans ce cas, je crois que nous allons nous entendre... Je n'ai pas besoin de vous dire que tout à l'heure j'interrogerai votre amie Jacqueline, ni que j'en sais beaucoup plus long que vous ne croyez...

— Je vous écoute.

La pièce était si nue qu'elle ressemblait presque au parloir d'une école pauvre ou d'un dispensaire. La seule différence résidant dans la rumeur du jazz.

— Voyons! Qu'est-ce que vous allez me dire?

— Je répondrai à vos questions.

Il avait l'air d'un brave homme et deux fois il avait louché vers le décolleté de Sylvie.

— Vous connaissez un certain Elie Nagéar?

— Vous le savez bien, puisque le portier du *Palace* vous a montré ses livres.

— Où l'avez-vous rencontré?

— En mer, à bord du *Théophile-Gautier,* après l'escale à Stamboul où il s'est embarqué.

— C'est là que vous êtes devenue sa maîtresse?

— N'exagérons rien. Il venait à Bruxelles. Moi aussi. Nous avons fait la route ensemble.

— Vous prétendez que vous n'étiez pas sa maîtresse?

Elle haussa les épaules et soupira :

— Ce n'est pas la même chose! Si vous ne comprenez pas...

— Saviez-vous que Nagéar avait besoin d'argent?

— Il ne m'en a jamais parlé.

— Saviez-vous qu'il avait l'idée de faire un mauvais coup?

Elle le regarda dans les yeux et laissa tomber :

— Si nous abrégions? Ce serait plus simple, n'est-ce pas? Je ne suis pas née d'aujourd'hui et je vois où vous voulez en venir. Or, j'ignore si Nagéar a fait un mauvais coup. Je l'ai quitté le mercredi vers onze heures du matin, alors qu'il était encore au lit et qu'il avait la grippe. J'avais envie de prendre l'air. Quand je suis rentrée, le soir, il n'était plus là.

— Et ses bagages?

Elle réfléchit, devina que le personnel du *Palace* avait signalé qu'elle était partie le lendemain avec les valises de son compagnon.

— Ils étaient restés à l'hôtel.

— Je ne vous l'ai pas fait dire. Quand Nagéar est-il revenu?

Elle se leva, pour mieux penser, et le policier la suivit des yeux tandis qu'elle arpentait la pièce.

— Il m'a téléphoné le lendemain de la gare du Midi, en me demandant de lui apporter ses valises, car il avait un train à prendre...

— Ensuite?

L'inspecteur écrivait à la volée dans un calepin dont il avait fait sauter l'élastique.

— J'y suis allée. Il m'a donné cinquante mille francs et il est monté dans le rapide de Berlin-Varsovie.

L'inspecteur leva la tête et elle soutint le choc.

— Pardon. Quelle heure était-il?

Elle sourit, car elle connaissait l'heure de tous les trains internationaux. Elle en avait assez pris pour ça!

— Neuf heures trente-six. Nagéar s'est excusé de me quitter précipitamment et, comme je vous l'ai dit, m'a remis cinquante mille francs...

Elle tira une liasse de billets belges de son corsage et la posa sur la table.

— En argent belge? s'étonna l'inspecteur.

— En argent français.

— Et vous l'avez changé à Bruxelles?

— Vous savez bien que non. Vous savez aussi que, nous autres, on nous soupçonne toujours de quelque chose, surtout quand on nous voit avec une grosse somme. J'ai chargé une amie d'aller changer les billets à Gand et à Anvers.

— Vous n'en aviez pas vu les numéros? Vous ne soupçonniez rien?

— Je ne lis pas les journaux.

— Et maintenant?

— C'est Bob, le barman, qui m'a raconté hier l'histoire de Van der Cruyssen.

— Pourquoi n'avez-vous pas fait immédiatement une déclaration?

— Parce que c'est votre métier et non le mien.

Elle parlait avec une netteté impressionnante, en

116

piquant son regard droit dans les yeux de l'inspecteur.

— Si je n'étais pas venu?...

— Je savais que vous viendriez.

— Vous êtes prête à renouveler vos déclarations sous la foi du serment?

— Quand il vous plaira. Si vous n'avez plus de questions à me poser, je vous demanderai la permission de rentrer au dancing. Vous savez où me retrouver...

Elle lui sourit et il sourit aussi en remettant l'élastique de son calepin. Puis elle posa la main sur le bouton de la porte.

— Au revoir, dit-elle.

— A bientôt... répondit-il.

Le gérant eut à peine le temps de reculer d'un pas et Sylvie passa devant lui comme si elle ne s'était aperçue de rien. Jacqueline buvait du champagne en compagnie de deux hommes en tenue de soirée, un jeune et un vieux, peut-être le père et le fils. D'un battement de cils, elle lui fit comprendre que tout allait bien.

Le gamin était tout seul, dans son coin, et peut-être n'espérait-il plus, car il sursauta quand il vit sa compagne.

— Vous vous ennuyez? questionna-t-elle.

— Non... je... je vous attendais...

Rien que de la regarder, il devenait rose et il s'en tira en balbutiant :

— Qu'est-ce que vous prenez?

— Pourquoi? Cet animal a encore enlevé les verres? Vous êtes fou, Henry? cria-t-elle au garçon qui passait.

— Cela n'a pas d'importance... murmura le jeune homme.

Elle le regarda en face, vit ses oreilles devenir pourpres. Et soudain elle prononça :

— Vous vivez chez vos parents?

— Non. Mes parents habitent Liège. J'ai une petite chambre, ou plutôt une mansarde, du côté de Schaerbeek. Quand j'aurai publié mon livre...

Le gérant errait à l'intérieur même du dancing pour mieux l'observer. Jacqueline riait en mangeant des amandes vertes qu'elle s'était fait offrir et son regard, par-dessus l'épaule de ses compagnons, interrogeait toujours Sylvie.

— Vous vous amusez ici? questionna celle-ci.

— Je... Du moment que je suis près de vous...

Bob aussi la regardait, et tous les garçons. L'histoire devait faire le tour du personnel.

— Payez...

— Vous voulez que je m'en aille?

— Nous allons chez vous...

— Mais...

Il était désolé. Il n'imaginait pas la possibilité de recevoir cette jolie femme dans sa mansarde.

— Faites ce que je vous dis, mon petit... Ce n'est pas tous les jours dimanche...

Pendant qu'il comptait sa monnaie, il plissait le front, car il se rappelait qu'on n'était pas du tout dimanche et il se demandait ce qu'elle avait voulu dire.

— Non, pas de taxi, lança-t-elle, en bas, à Joseph.

Et, saisissant le bras de son compagnon :

— Nous prendrons le tram...

VIII

De temps en temps, Elie ouvrait les yeux et voyait des têtes passer au ras de sa fenêtre, dans la blancheur du matin. Il savait qu'on était vendredi, car il avait vu passer aussi Mme Baron, un chapeau sur la tête, qui se rendait au marché. Domb était sorti aussi, tandis que Valesco, au premier étage, achevait de s'habiller en ébranlant le plancher sous ses pas.

Elie s'assoupit pour la quatrième ou la cinquième fois, car il préférait se lever tard, quand les locataires étaient partis et que la maison vivait sa vie ralentie. De cinq en cinq minutes, un tram l'éveillait par sa sonnerie insistante et l'arrêt presque en face de la maison prolongeait le supplice.

Le facteur passa. Une lettre tomba dans la boîte et Elie faillit se lever pour aller voir, n'en eut pas le courage et se tourna vers le mur. Combien de temps s'écoula-t-il encore? Dans un demi-sommeil il crut entendre Valesco qui sortait. Ensuite ce fut aussi brutal qu'un coup de feu tiré parmi la foule. La porte claqua. Des pas se rapprochèrent du lit. Avant qu'Elie se fût retourné, une main arracha la couverture dont il se couvrait jusqu'au nez.

Quelque chose, peut-être un froissement de robe, peut-être une odeur, l'avertit que c'était Antoinette, sinon il eût hésité à ouvrir les yeux. Elle était plus pâle que d'habitude et ses taches de rousseur paraissaient davantage. Elle le regardait durement, en lui tendant un papier.

— Lisez vite.

— Quelle heure est-il?

— Peu importe. Lisez...

Il joua encore un moment la comédie de l'homme réveillé en sursaut cependant qu'elle restait immobile près du lit. Il lut enfin :

« Antoinette,

« Essaie d'être intelligente et de bien me comprendre. *Il faut absolument que le type quitte la maison tout de suite.* Ce sera difficile, car il se cramponne. Mais dis-lui de ma part que la police sait tout et que d'une heure à l'autre son nom sera dans les journaux. Il a encore le temps de filer. N'en parle pas à maman. Je t'embrasse.

« Ta sœur,

« SYLVIE. »

Elie, qui avait parcouru dix fois la lettre, ne relevait pas la tête. Son regard restait fixé sur le bout de papier. Antoinette s'impatienta et, toujours immobile, sèche dans son tablier noir qui lui donnait l'air d'une écolière, elle prononça :

— Eh bien?

Il était assis au bord du lit, les pieds nus, et son pyjama entrouvert laissait voir une poitrine maigre et velue. Ses doigts s'écartèrent, la lettre tomba sur la carpette et les mains continuaient à se crisper dans le vide, comme si elles eussent malaxé quelque chose.

— Cessez cette comédie! dit Antoinette.

Les mains s'immobilisèrent. Elie leva la tête et à ce moment il n'avait pas encore adopté une expression, ni une ligne de conduite. Les sourcils étaient froncés par la souffrance ou par la réflexion. Par contre, le regard était un regard de rouerie et de méfiance.

— Vous me mettez à la porte? gémit-il en donnant à tout son être une attitude accablée.

— Vous ne pouvez pas rester ici.

En définitive, la lettre ne l'avait pas trop frappé. Ce furent les paroles d'Antoinette qui le mirent hors de lui et dès lors il ne joua plus de comédie, sa démoralisation fut si brutale que la jeune fille eut peur. Il se levait, lentement, et par ce mouvement il se rapprochait d'elle. Il y avait de l'égarement dans ses yeux et sa bouche frémissait au passage d'un souffle court et chaud.

— Vous me livreriez, vous?

Elle aurait voulu détourner la tête, mais elle ne le pouvait pas. Le spectacle était aussi hallucinant que celui d'un homme qui vient d'être broyé par le tram.

— Répondez...

La sueur lui giclait de la peau. Cette peau était grise. Il n'était pas rasé, pas lavé. Son pyjama était fripé.

Il avait peur. C'était insupportable.

— Laissez-moi!... supplia sa compagne.

— Antoinette... Regardez-moi!...

Elle sentait son souffle qui l'effleurait et elle était sur le point de crier.

— Regardez-moi... Je le veux!... J'ai une sœur aussi... Supposez que vous ayez un frère, qu'il soit ici...

Et tout à coup, au moment où elle s'y attendait le moins, il se laissa tomber à genoux, lui prit les deux mains dans ses mains qui tremblaient.

— Ne parlez pas... Ne me faites pas partir, dites!... Si je sors d'ici, je sens qu'ils me prendront... Entendez-vous?... Ce sera votre faute... Je ne veux pas mourir, Antoinette!

— Levez-vous.

— Pas avant que vous m'ayez répondu...

Comme elle reculait de deux pas, il avança sur les genoux.

— Antoinette!... Vous ne ferez pas ça... Souvenez-vous de ce que le journal a écrit... En France...

— Mais taisez-vous! hurla-t-elle.

En même temps elle s'immobilisa, les prunelles fixes, les tempes couvertes de sueur froide. Une tête venait de passer devant la fenêtre, s'était arrêtée un instant. C'était Mme Baron, qui avait regardé machinalement dans la pièce.

La clef tournait dans la serrure, la porte s'ouvrait et se refermait, le panier à provisions était posé sur le sol du corridor.

— Levez-vous vite!

Il était trop tard. Mme Baron se profilait dans l'encadrement de la porte, vêtue de noir, plus sévère et plus digne que d'habitude, à cause de son chapeau. Elle contemplait sa fille, puis l'homme en pyjama qui se redressait gauchement.

— Va dans ta chambre... dit-elle enfin. Va vite... Plus vite que ça...

Elle s'impatientait. Elle referma elle-même la porte derrière Antoinette puis s'avança, implacable, vers Elie.

— Et vous, espèce de saligaud?

Elle leva même la main, comme pour frapper, et il recula, un bras replié devant sa tête.

— Vous n'êtes pas honteux de vous en prendre à une gamine? Je ne sais ce qui me retient de...

Elle se tut. Elle regarda avec plus d'attention et elle vit que les larmes et la sueur se mêlaient sur le visage exsangue d'Elie. Soudain, alors qu'elle ne s'y attendait pas, il fut la proie d'une crise, les membres tremblants, la respiration rauque.

Elle restait indifférente et le suivait des yeux cependant que dans un coin, face au mur, il frappait celui-ci de ses poings serrés.

— Qu'est-ce que vous avez, maintenant?

C'était un rappel à la réalité que cette voix qui avait son intonation vulgaire de tous les jours, mais Elie ne se calma pas. Ses dents claquaient. Elle crut entendre :

— Mère... Mère...

Ce n'était plus un homme. Il avait un corps de gamin dans son pyjama et il continuait à marteler le mur comme un enfant rageur.

— Est-ce que vous devenez fou?

En disant cela, elle se baissait pour ramasser la lettre et reconnaissait l'écriture de Sylvie.

Elle lut, bien qu'elle n'eût plus besoin de lire. Elle qui n'avait jamais eu le moindre soupçon comprenait tout, d'un seul coup. Elie se retournait, et les mains plaquées au mur derrière lui, comme un homme qui va bondir, il haletait toujours.

— Ainsi... dit simplement Mme Baron en laissant retomber le papier.

Les jambes coupées, elle s'appuya à la table.

— Et moi, bonne bête, qui ne soupçonnais rien! Il faut dire que vous avez été adroit...

Elle sentit qu'il allait joindre les mains, supplier, peut-être se jeter à genoux comme il l'avait fait devant Antoinette et elle grommela :

— Non!... Pas ça!... Vous allez immédiatement prendre vos affaires et disparaître... Vous avez compris?... Si, dans un quart d'heure, vous êtes encore ici, je vais chercher un agent...

Elle se dirigea vers la porte, mais elle dut s'arrêter car un bruit épouvantable éclatait derrière elle. C'était un hurlement de terreur comme il n'en naît que dans les catastrophes, un de ces hurlements où la voix humaine rejoint celle des bêtes en détresse.

Elie s'était jeté à plat ventre sur son lit, les bras en croix, les doigts crispés sur la couverture et il criait encore, le corps arqué, il appelait :

— Mère!...

Mme Baron détourna le regard, observa la rue, craignant qu'un passant eût entendu.

Et Elie pleurait toujours, criait, hurlait, se tordait, haletait, fou de terreur.

— Calmez-vous..., prononça-t-elle, étonnée du son de sa voix. Vous allez ameuter les voisins...

Elle fit un pas vers lui, hésitante.

— Vous savez bien que vous ne pouvez pas rester ici...

En passant près de la table, elle y déposa son chapeau qu'elle avait retiré d'un geste las.

— Vous devez être raisonnable... Vous pouvez encore échapper...

Elle alla vivement à la porte, tendit l'oreille aux

bruits de la maison, puis tourna la clef dans la serrure, se dirigea à nouveau vers le lit.

— Vous m'entendez, monsieur Elie?... Je vous répète que...

Le réveille-matin, dans la cuisine, battait la mesure pour lui seul. Un jet de vapeur sortait du bec de la bouilloire dont le couvercle tremblait. Parfois des cendres rouges passaient à travers la grille et tombaient en pluie fine dans le tiroir du poêle.

Les vitres étaient embuées. La nappe n'était étalée que sur un bout de la table où le couvert d'Elie attendait depuis le matin et deux œufs étaient prêts à mettre au feu, sur une assiette, ainsi que la tranche de lard.

Dans le corridor, le panier à provisions, d'où jaillissaient des feuilles de poireaux, restait sur le paillasson.

On n'entendait rien, que le tic-tac du réveil. Jamais la maison n'avait été aussi vide. Toutes les portes étaient fermées et il n'y avait pas de seaux d'eau, de torchons ni de brosses dans le chemin.

Cela faisait penser à un foyer où on attend, le souffle coupé, la délivrance d'une accouchée.

Pareillement, il y eut d'abord des pas dans la chambre d'Elie. La porte s'ouvrit et craqua comme si elle n'eût plus été ouverte, depuis très longtemps. Mme Baron, son chapeau à la main, passa à côté des provisions sans les voir, mais revint sur ses pas pour les prendre.

Quand elle poussa la porte vitrée de la cuisine, l'air était irrespirable tant il était chargé de vapeur et elle entrouvrit la fenêtre, livrant la pièce au souffle glacé de la cour.

Il y avait toute une gamme de mouvements rituels à accomplir et Mme Baron les accomplit, les yeux secs, le regard un peu trop lourd : elle retira la bouilloire presque vide qu'elle remplit au robinet; elle mit en plein feu la marmite à soupe, accrocha son chapeau au portemanteau, rangea les légumes sur la partie de la table qui n'avait pas de nappe. Enfin, elle jeta un regard au réveil qui marquait dix heures vingt.

Et elle mit son tablier, prit dans le tiroir le couteau à éplucher, ouvrit la porte.

— Monsieur Moïse!... cria-t-elle.

C'est alors seulement que l'émotion se déclencha en elle. Elle répéta son appel et sa voix n'était plus la même. Quand elle rentra dans la cuisine, elle dut s'essuyer les yeux et le nez du coin de son tablier.

M. Moïse remuait, tout là-haut, ouvrait sa porte, descendait l'escalier. Mme Baron épluchait des oignons pour le ragoût, mais ce n'étaient pas les oignons qui la faisaient pleurer et Moïse s'en aperçut aussitôt, questionna, les sourcils froncés :

— Qu'est-ce qu'il y a?

— Asseyez-vous, monsieur Moïse... Il faut que je vous parle...

Elle détournait la tête, mais il la voyait quand même, si changée par ses larmes, si malheureuse, si inconsistante qu'il s'efforçait de regarder ailleurs.

— J'ai confiance en vous, monsieur Moïse... Il y a des choses que je ne peux même pas dire à mon mari... Vous le connaissez : il se mettrait à crier et cela n'avancerait à rien...

Elle se moucha et ferma la clef du poêle.

— Je ne sais pas comment vous expliquer... Surtout, il faut que vous me promettiez de n'en parler à personne...

Elle coupait les oignons en fines tranches qui tombaient dans la casserole d'émail bleu.

— Je viens d'apprendre que le nouveau locataire...

Elle leva la tête et un coup d'œil lui suffit.

— Vous le saviez?... Moi, je ne me doutais de rien!... Je le soignais comme les autres, mieux que les autres... J'ai voulu le mettre à la porte, tout à l'heure... Pensez que mon mari est fonctionnaire...

Elle essaya en vain de repousser un souvenir pénible et son couteau resta en suspens.

— Je ne peux pas vous raconter ce qui s'est passé... Je ne croyais même pas que ce fût possible... Il criait après sa mère... Il s'est déchiré la lèvre à force de la mordre...

D'instinct elle se tourna vers le corridor, vers cette porte au-delà de laquelle elle était restée près d'une demi-heure en tête à tête avec Elie.

— Vous connaissez la loi française?

Et, comme il ne disait rien, elle ajouta, en avançant les lèvres dans un nouveau sanglot :

— On leur coupe la tête...

Elle jeta son couteau, son oignon sur la table, prit son tablier à deux mains et se cacha la face, debout devant le poêle, tandis que Moïse disait gauchement :

— Madame Baron... Madame Baron... Je vous en prie...

Elle secouait les épaules sans montrer son visage.

— Cela va passer... gémit-elle. J'en ai les nerfs malades.

Moïse lui posa la main sur l'épaule timidement. Il n'osait pas en faire davantage.

— Si vous l'aviez vu... presque nu... il est maigre comme un tout jeune homme...

— Calmez-vous, madame Baron... Vous allez vous rendre malade...

Elle fit un effort, s'essuya les yeux, les joues, tenta même de sourire en laissant retomber son tablier.

— Cela va mieux...

Elle se dirigea vers la fenêtre qui s'était ouverte davantage et la referma.

— J'ai peut-être eu tort... Il m'a juré que s'il pouvait rester quelques jours ici il serait sauvé... Il m'a montré les cinq cents francs qui lui restent... Il n'irait pas loin avec ça!...

Une idée la frappa et elle ouvrit la soupière qu'elle fouilla d'un geste fébrile, jeta dans le poêle le billet français de mille francs.

— Je n'en parlerai pas à quelqu'un d'autre... Dites-moi, monsieur Moïse... Vous croyez aussi qu'on peut le garder, n'est-ce pas?... La police suppose qu'il est loin d'ici... Personne ne pensera à notre petite maison...

Elle avait peur de ne pas l'avoir convaincu.

— C'est quand il a parlé de sa mère... J'ai pensé à la vôtre aussi... S'il ne risquait que la prison, ce ne serait pas la même chose...

Elle épluchait les oignons et ses paupières s'humectaient, mais cette fois ce n'étaient plus des larmes. Elle se calmait. Elle reniflait. Elle regardait l'heure.

— Le dîner ne sera jamais prêt!... Il y a encore M. Domb et M. Valesco... Si on en parle dans le journal, ils sauront... Dans ce cas-là, je voudrais que ce soit vous qui leur disiez...

Une autre idée lui passa par la tête.

— Vous n'avez pas vu Antoinette?

— Je l'ai entendue entrer dans sa chambre.

Elle ouvrit la porte, appela :

— Antoinette!... Antoinette!...

Il n'y eut pas de réponse. La porte, là-haut, ne s'ouvrit pas. Mme Baron, son couteau de cuisine à la main, s'élança dans l'escalier.

— Qu'est-ce que tu fais?

Antoinette ne faisait rien. Il n'y avait pas de feu dans son grenier. Un air glacial tombait de la lucarne, bien qu'elle fût fermée, comme si les vitres eussent été trop minces.

Et Antoinette était couchée sur son lit, immobile, le regard fixé sur le plafond en pente.

— Pourquoi ne réponds-tu pas quand je t'appelle?

Mme Baron n'avait jamais vu ces yeux-là à sa fille, ni cette rigidité des traits. Elle eut si peur qu'elle éprouva le besoin de la toucher.

— Eh bien! quoi? s'impatienta la jeune fille.

— Tu m'as fait peur... Descends... Il fait trop froid... Qu'as-tu à me regarder ainsi?

— Où est-il?

— Dans sa chambre...

La mère ne savait comment s'y prendre pour expliquer sa décision.

— Tu ne peux pas comprendre... Il restera ici... Je te défends seulement d'avoir des conversations avec lui... Tu entends?...

Antoinette parut seulement s'éveiller tout à fait et

elle eut un étrange mouvement de la tête, comme pour rendre de la souplesse à son cou.

— Ta sœur a eu tort de te mêler à ça... Viens...

Elles descendirent l'une derrière l'autre. Quand il vit Antoinette, Moïse sourcilla tant il la trouva changée.

— Je parlerai à Domb et à Valesco... dit-il précipitamment.

— Merci... Va chercher le beurre dans le placard, Antoinette...

Elle s'efforça de sourire à Moïse.

— Je vous remercie, monsieur Moïse... Vous pensez que j'ai bien fait, dites?...

Il répondit, lui aussi, par un vague sourire et se dirigea vers l'escalier.

— Pourquoi ne venez-vous pas étudier près du feu?

Il ne dut pas entendre.

La vie de la maison était à nouveau la même que tous les jours. Les oignons commencèrent à grésiller en plein feu tandis que Mme Baron, qui découpait le ragoût, disait sans regarder sa fille :

— Surtout, il faut que ton père ne se doute de rien. Tu verras le journal avant lui. S'il y a quelque chose, coupe la page...

Antoinette ne répondit pas.

— Maintenant, va faire la chambre de M. Domb et n'oublie pas que c'est le jour de changer les draps...

M. Baron rentra le premier, à onze heures et demie, car il avait fait un train de nuit. Il accrocha son pardessus au portemanteau du vestibule, entra dans la cuisine, renifla, murmura :

— On mange?

— Dans quelques minutes...

Et sa femme posa ses pantoufles devant le fauteuil d'osier. M. Baron retira ses chaussures, son faux col.

— Ce qu'il peut faire froid, dans le Luxembourg! au petit jour, nous avons aperçu un sanglier dans la neige...

— Il y a de la neige?

— Epaisse d'un mètre vingt à certains endroits...

Elle s'arrangeait pour lui tourner le dos, mais le moment vint où il la vit en face.

— Qu'est-ce que tu as?

— Moi?

— Tes yeux sont rouges...

— Ce sont les oignons.

Les pelures étaient encore sur la table.

— Tu devrais me donner à manger tout de suite, que j'aille me coucher...

Elle s'affaira, retira du four le pâté de pommes de terre qui commençait à se dorer, mit la table. Valesco rentra, apportant un peu de l'air vif du dehors dans les plis de son pardessus.

— Attendez un quart d'heure, monsieur Valesco. Je sers d'abord mon mari, qui a passé la nuit...

— Mon ami n'est pas venu me demander?

— Il n'est venu personne... Ah! oui... Allez donc chez M. Moïse, qui voulait vous dire quelque chose...

— A moi?

Elle ne fut tranquille que quand il fut dans l'escalier.

— Il a payé? s'informa M. Baron.

— Hier, oui! Il a même apporté un gâteau pour le goûter et je t'en ai gardé un morceau.

— Où est Antoinette?

— Elle finit ses chambres.

Il commença à manger, tout seul, en relevant parfois ses moustaches grises.

— Pas de lettre de Sylvie?

— Elle n'a pas l'habitude d'écrire si souvent!

Mme Baron s'agita davantage pour cacher sa nervosité. Quand M. Domb rentra et s'inclina en ouvrant la porte, M. Baron achevait le morceau de gâteau et buvait son café.

— On peut manger, madame Baron?

— Dans un instant, monsieur Domb.

Il semblait toujours sortir du bain, tant il avait la peau fraîche. Il se retira après un nouveau salut.

— Où allez-vous?

— Dans ma chambre.

— Vous pouvez attendre ici. Vous ne nous dérangez pas.

Mme Baron retrouvait ses humeurs devant les manières trop protocolaires du Polonais.

— Asseyez-vous. Vos camarades vont venir.

M. Baron se leva, s'étira.

— Tu m'éveilleras vers quatre heures?

Et, en passant, il embrassa sa femme dans les cheveux cependant qu'elle criait à la cantonade :

— Monsieur Valesco! Monsieur Moïse! Antoinette! A table...

Elle essayait de sourire plus que d'habitude pour qu'on ne remarquât pas ses yeux rouges. Elle avait la tête vide et comme les pas de la petite troupe retentissaient dans l'escalier, elle se souvint qu'elle avait oublié quelqu'un.

— Monsieur Elie!... Venez manger...

132

Il s'écoula quelques instants. Les autres eurent le temps de prendre place. Enfin, Mme Baron qui avait l'oreille tendue, perçut un léger bruit de serrure, suivi du craquement de la porte.

Elle regarda ailleurs, en profita pour recharger le poêle et donner de grands coups de tisonnier dans les cendres rouges.

La porte s'ouvrait, se refermait. Des voix disaient bonjour.

Quand elle se retourna, Elie était à sa place, à peine plus pâle que d'habitude, les yeux un peu plus brillants, mais les cheveux bien lissés, les joues rasées. Il prit le plat qu'on lui tendait, se servit, murmura à l'adresse d'Antoinette :

— Voulez-vous me passer le pain, s'il vous plaît?

Etait-ce parce qu'il avait mis un faux col et une cravate? Antoinette fixait son cou. Soudain elle se dressa d'une détente et, avant qu'on ait pu lui dire quelque chose, elle sortit en faisant claquer la porte.

Mme Baron faillit courir derrière elle, mais se ravisa.

— Elle est nerveuse aujourd'hui, expliqua-t-elle.

Seul Moïse ne mangeait pas le repas de tout le monde, qui coûtait cinq francs, et il extrayait, de sa boîte en fer, du pain et du beurre.

Comme un orchestre prélude, on entendait naître et s'intensifier le bruit des fourchettes, des assiettes et des verres et, quand une voix se fit entendre, ce fut celle d'Elie qui prononça :

— Il doit faire froid dehors...

C'était sa voix naturelle, à peine empâtée par la nourriture qu'il avait dans la bouche. Personne ne répondit.

IX

Ce fut dans la chambre, ou plutôt dans la mansarde de Moïse, qu'un broc de faïence éclata et, pendant des jours, on put voir dans un coin de la cour le bloc de glace aux formes arrondies qui s'y était formé.

— Fermez la porte! entendait-on sans cesse.

Il y avait treize ou quatorze degrés sous zéro mais le ciel était clair, l'atmosphère limpide et il y eut même quatre jours de soleil.

— Je vous en prie, fermez la porte! répétait Mme Baron.

Car sa cuisine était le refuge général. Toute la vie de la maison s'y concentrait. Dès le matin, les locataires venaient l'un après l'autre chercher de l'eau chaude et attendaient leur tour, en pyjama, car on ne pouvait chauffer autant d'eau à la fois. Le premier soin, au réveil, était d'étendre du sel marin sur le seuil ou sur le trottoir où il y avait des traînées de glace.

Mme Baron rentrait les doigts gelés, le nez rouge. C'était à qui se pousserait pour présenter ses mains à la flamme du fourneau. Et pourtant le froid était plutôt générateur de bonne humeur. Même les enfants qui allaient à l'école, le visage caché par le passe-montagne, auraient voulu que ça dure, que le thermomètre baisse davantage encore. Une voisine qui avait sa conduite d'eau éclatée, venait à chaque instant avec deux brocs.

Il paraît qu'en Hollande, le Zuiderzee commence à geler.

C'était excitant et Elie Nagéar était le premier, chaque matin, à consulter le thermomètre qu'on avait suspendu dans la cour. Il rentrait triomphant dans la cuisine.

— Moins quatorze! annonçait-il. Savez-vous qu'en Anatolie nous avons chaque hiver des moins trente et des moins trente-cinq?

Et il regardait les visages assemblés autour de la table. Domb ne répondait jamais, mais, de son côté, Elie affectait de ne pas s'en apercevoir. Valesco de temps en temps, esquissait un sourire poli pour montrer qu'il écoutait. Quant à Moïse il n'avait pas l'habitude de prendre part aux conversations.

— Une année, j'étais parti de Trébizonde avec ma voiture pour gagner la Perse, où mon père avait des intérêts. Vous savez que la route se fait surtout par caravanes de chameaux...

— Il n'y a donc pas de chemin de fer? s'étonna M. Baron.

— On va en construire un, mais les travaux ne sont pas commencés. Pensez qu'il ne s'agit pas de petites distances comme ici. Chez nous, on compte par milliers de kilomètres...

En somme, M. Baron était à peu près le seul à donner la réplique à Elie. Peut-être était-il surpris de l'humeur des autres, mais ce n'était pas assez prononcé pour qu'il en parlât.

Quant à Elie, il n'avait jamais été aussi bavard, ni aussi remuant. Il oubliait son rhume et son torticolis, mangeait avec appétit et, le soir, il continuait à faire seul un dîner complet.

Le premier soir, on l'avait regardé, dévorant de la viande et des légumes tandis que les autres se contentaient de tartines. Mais il ne s'était aperçu de rien. Et comme il y avait du fromage en face de M. Baron, il avait murmuré :

— Vous me passerez le fromage, s'il vous plaît?

C'était Antoinette qui ne mangeait plus, et son père s'en inquiéta.

— Tu as une vilaine petite figure toute tirée. Ce doit être l'âge. Mais raison de plus pour manger beaucoup!

Nagéar intervenait.

— Ma sœur, à son âge, a failli mourir et nous avons dû l'envoyer en Grèce. Vous connaissez la Grèce?

— C'est de l'inconscience, confiait Mme Baron à Moïse. Il ne se rend pas compte!

Le matin même, il avait déclaré le plus naturellement du monde :

— Vous savez, madame Baron, que vous serez payée. J'ai écrit à ma sœur. Avant une semaine, je recevrai de l'argent.

Elle préférait ne pas répondre. Elle faisait son ménage. Elle le voyait prendre le filet plein de moules, ouvrir un tiroir pour y chercher un couteau.

— Qu'est-ce que vous faites?

— Je vais vous donner un coup de main et gratter les moules.

— Je vous en prie, monsieur Elie!

— Cela m'amuse.

Il passait sa vie dans la cuisine. Si on parvenait à l'en chasser un moment, il revenait sous un nouveau prétexte.

— Ecoutez. Je dois laver. Allez dans votre chambre...

Il trouvait un autre truc, laissant sa porte ouverte et chacun devait passer devant pour sortir ou pour entrer.

— Venez vous chauffer un moment, Valesco! Mme Baron ne veut personne dans la cuisine. Une cigarette? Qu'est-ce que je vous avait dit? Rien dans les journaux, hein?

Il était le premier à les lire. Il les prenait même des mains de M. Baron.

— Vous permettez?

Quand il s'était assuré qu'on ne parlait pas de lui, il adressait une œillade à la ronde en murmurant :

— Ça va!...

Mme Baron en tremblait, observait son mari qui n'y voyait que du feu. C'était à qui éviterait d'être happé par Elie en passant dans le corridor ou en entrant dans la cuisine.

— Je vous en supplie, restez dans votre chambre!

— Mais puisque j'aime mieux être avec vous!

Elle n'osait pas lui répondre : « Et moi, votre présence me fait mal. »

C'était la vérité. Elle oppressait toute la maison, sauf M. Baron qui ne savait rien. On en était réduit, pour échanger quelques mots, à s'embusquer sur le palier du premier étage ou dans une mansarde du second. Encore Elie avait-il l'oreille fine et questionnait-il aussitôt :

— Vous parliez de moi?

— Mais non! Vous vous figurez qu'on ne parle que de vous!

— Je sais que vous parliez de moi. Mais ne craignez rien. Dans quelques jours, on ne pensera plus à cette affaire et je partirai. Quand je serai dans mon pays, je vous enverrai un souvenir...

Il ne pensait plus à sa crise, à ses larmes! C'était à croire que jamais il ne s'était traîné aux genoux d'Antoinette, que jamais il n'avait hoqueté en parlant de sa mère, en implorant Mme Baron, en lui demandant pardon, le visage si congestionné qu'elle avait craint de le voir mourir. Ne s'était-il pas jeté par trois fois, coup sur coup, la tête au mur, et ne s'était-il pas tordu par terre comme un épileptique?

Pour lui, c'était oublié. Il avait repris sa place dans la maison. Sa pension n'était pas payée, puisque le billet avait été brûlé, mais il promettait d'envoyer des cadeaux de Turquie.

— Vous verrez! Avant de partir, je vous apprendrai à faire le café turc, et une fois là-bas, je vous expédierai un joli service en cuivre ciselé.

Par instants, c'était Mme Baron qui se serait jetée à genoux pour le supplier de se taire. Elle ne pouvait même pas être un moment seule avec sa fille, qui avait plus mauvaise mine de jour en jour. Le croyait-on dans sa chambre? Il était déjà derrière la porte de la cuisine. C'était son domaine. Cinquante fois par jour, il parcourait le corridor, de sa chambre à la porte vitrée. C'était lui, quand Mme Baron faisait ses chambres, qui s'assurait du bout d'une fourchette que les pommes de terre étaient cuites.

— Puisque je vous dis que cela me distrait!

Il s'adressait plus rarement à Moïse, et jamais à Domb qui montait dans sa chambre dès qu'il avait mangé.

— Il aurait pu me demander une boîte comme les autres, souper de pain et de beurre, se plaignit Mme Baron. Vous ne trouvez pas, monsieur Moïse? Il m'oblige à cuisiner le soir rien que pour lui.

— Pourquoi le faites-vous?

— Je n'ose pas... Sans compter que mon mari s'étonnerait...

Pour comble, depuis qu'il faisait si froid, Elie portait du matin au soir un veston d'intérieur violet, à brandebourgs. Il était satisfait, lui! Il avait expliqué minutieusement qu'il avait acheté le vêtement à Budapest, chez le fournisseur de l'amiral Horthy.

La journée la plus terrible fut celle du mardi. M. Baron faisait un train de jour et ne devait rentrer qu'à sept heures. La veille, déjà, Elie avait flairé quelque chose d'anormal dans la maison et quand, le matin, il vit revenir Mme Baron du marché avec des fleurs, il fronça les sourcils et organisa sa souricière, c'est-à-dire qu'il resta dans sa chambre dont il laissa la porte ouverte. Valesco devait fatalement passer.

— Hep!... lui cria Elie. Entrez un moment, mon vieux.

— C'est que je suis pressé...

— Je ne vous demande qu'une minute... Qu'est-ce qui se prépare dans la maison?...

Valesco aurait voulu se taire, mais il devait trois

cents francs à Elie et il ne savait pas quand il pourrait les lui rendre.

— C'est la fête de M. Baron.

— Compris! Ecoutez, comme je ne veux pas sortir, vous me commanderez chez le meilleur fleuriste de la ville, une belle gerbe. Une gerbe de cent francs, par exemple... Ensuite, il faut un cadeau... Attendez... Est-ce qu'il a déjà un stylographe?... Achetez-en un très beau... Voici trois cents francs pour le tout...

Il y avait, ce matin-là, des fleurs de glace sur les vitres et quelques instants plus tard Elie vit passer sur le trottoir le visage déformé du Roumain.

Il mit sa douillette à brandebourgs et gagna la cuisine avec, sur les lèvres, un sourire mystérieux et satisfait. Mme Baron préparait deux poulets et une crème. Le pâtissier livra des tartes.

— Allez dans votre chambre, monsieur Elie... Je vous le demande en grâce... Faudra-t-il donc que je me fâche?...

Ce fut la seule fois qu'il obéit. A midi, M. Baron n'était pas là et on mangea rapidement. Mme Baron et Antoinette devaient sortir. Toutes deux étaient déjà habillées.

Elie trouva-t-il qu'on ne faisait pas assez attention à lui et que cette solennité familiale le faisait trop oublier? Toujours est-il qu'il prononça, en regardant Valesco qui était son voisin :

— J'ai pensé à une chose... On a parlé de la différence qui existe entre les lois belges et françaises... Supposez que quelqu'un poursuivi en Belgique par la police de France commette un crime à Bruxelles ou ailleurs...

140

On n'entendit que le bruit des fourchettes et, à ce moment, ce bruit parvint à être sinistre.

— Vous n'avez pas compris? Un homme qui risque la peine de mort en France commet un délit en Belgique. Logiquement, on doit d'abord le juger en Belgique, où il est arrêté. Logiquement aussi il doit y purger sa peine.

Il était pâle. Ses lèvres s'étiraient d'une façon anormale, mais cela pouvait encore passer pour un sourire. Antoinette sourit une fois de plus et il en parut satisfait!

— Je vous prie de parler d'autre chose, dit calmement Moïse en le regardant dans les yeux.

Il n'osa pas insister, détourna la tête, mais sans qu'une étrange petite flamme quittât ses prunelles.

La table fut desservie plus vite que d'habitude. Domb disparut le premier, puis Valesco qui monta dans sa chambre. Mme Baron s'engagea dans l'escalier au moment où Moïse mettait sa casquette d'étudiant pour sortir.

— Monsieur Moïse! appela-t-elle.

— Oui... je viens...

Ils chuchotèrent, là-haut, et Elie, seul dans la cuisine, essaya en vain d'entendre. Il comprit quand même un peu plus tard. Il comprenait tout. Mme Baron et sa fille sortirent ensemble. Or, au même moment, Moïse, au lieu d'aller en ville, pénétrait dans la cuisine avec ses cours et ses cahiers.

Il ne dit pas un mot, s'installa dans le fauteuil qu'Elie avait pris l'habitude de se réserver et commença à aligner des formules.

Nagéar chargea d'abord le feu, tisonna avec fracas, puis s'assit en face du poêle en disant :

— On vous a chargé de me surveiller. On a donc peur que je vole quelque chose?

Moïse feignit de ne pas entendre.

— Je comprends plus de choses que je n'en ai l'air. Mais je ne vous importunerai pas longtemps. Dès que la police pensera à autre chose, je vous laisserai à vos amours...

Le Juif polonais leva lentement un visage sans colère. Ses yeux proéminents avaient leur expression habituelle et cela rendit plus impressionnante la phrase qu'il prononça :

— Je vous préviens que, si vous ne vous taisez pas, je vous casse la gueule!

Il était plus petit qu'Elie, mais plus musclé. Le crayon courut à nouveau sur le papier et la table trembla.

Quelques minutes passèrent et Moïse, malgré son calme, leva la tête, étonné d'un tel silence. Son compagnon ne bougeait pas, évitait le moindre mouvement. Il fixait le petit trou rouge du poêle et sa lèvre inférieure était molle et tombante.

Moïse travailla encore et bientôt, sans bruit, presque sans agiter l'air, Nagéar se leva, gagna la porte, s'enferma dans sa chambre où le feu s'était éteint.

Vers quatre heures, alors que passait l'allumeur de réverbères, deux silhouettes glissèrent au niveau de la fenêtre et Elie reconnut Mme Baron et Antoinette. La clef tourna dans la serrure. La porte s'ouvrit. Des pas retentirent dans le corridor. Mais les deux femmes n'avaient pas atteint la cuisine que le gamin qui passait tous les jours glissait le journal dans la boîte aux lettres.

142

Nagéar alla le prendre et pénétra à son tour dans la cuisine, où Moïse rassemblait ses papiers. Des tas de petits paquets encombraient la table. Mme Baron dit :

— Va te déshabiller, Antoinette.

Elle chargea le feu, mit l'eau à bouillir avant même de retirer son chapeau noir. Elle était rose de froid. Des perles de glace tremblaient sur les poils de son écharpe de fourrure.

— Il n'est venu personne, monsieur Moïse?

— Personne, madame.

Sans regarder Nagéar, elle monta à son tour pour se changer et Moïse la suivit. Le fauteuil d'osier craqua quand Elie s'y assit. Les feuilles du journal bruissèrent. Il n'y avait rien en première page, rien en seconde. Mais, en troisième, il vit un titre : *L'affaire du train de nuit.*

Quelques lignes seulement. Ce n'était plus une affaire sensationnelle. « La Sûreté bruxelloise poursuit son enquête au sujet du crime commis dans le train de nuit Bruxelles-Paris. Il y a quatre jours, elle a interrogé une certaine Sylvie B..., danseuse de cabaret, actuellement à Bruxelles, et elle a pu déterminer l'identité de l'assassin, qui n'est autre qu'un certain Elie Nagéar, sujet turc, amant de cette fille. Les recherches à son sujet sont restées vaines. On suppose que Nagéar a eu le temps de passer la frontière allemande avant même que le crime fût découvert. La fille B... a été laissée en liberté provisoire. »

Doucement, Elie déchira une partie de la feuille et laissa cette dernière sur la table. Ses yeux brillaient. Il

alluma une cigarette dont il tira des bouffées pro-
fondes.

Il guettait les bruits de la maison. Il était impa-
tient. Quand enfin Mme Baron descendit, il se leva et
il avait déjà la bouche ouverte pour parler lorsqu'elle
ouvrit la porte tout en nouant son tablier.

— Qu'est-ce que je vous avais dit?

Sa voix vibrait de joie, d'orgueil. Il lui tendit le
bout de papier. Il insista :

— Lisez!

Il éprouva le besoin d'ajouter :

— Ils me cherchent maintenant en Allemagne!...

Machinalement, Mme Baron lui remit le papier
après l'avoir lu. Bien que le feu n'en eût pas besoin,
elle tisonna.

— Quelques jours encore et, comme je l'ai prévu,
je pourrai...

— Taisez-vous! dit-elle sèchement.

Elle revoyait sans cesse les mots : ... *amant de cette
fille.*

— C'est une bonne nouvelle. Du moment qu'ils
me cherchent ailleurs...

— Mais taisez-vous donc! Laissez-moi! Allez dans
votre chambre!

— Si vous le prenez ainsi...

« ... Amant de cette fille... »

Elle pleurait tout en préparant le dîner. Elle
pleurait en silence, comme seules les femmes d'un
certain âge savent pleurer. Antoinette questionna en
entrant :

— Qu'est-ce qu'il y a maman?

— Rien... Passe-moi la farine...

— Il a encore dit quelque chose?

— Non... Laisse-moi... Je suis nerveuse...

— Il dînera ce soir avec nous?

— Comment veux-tu faire? Il le faut bien!

Antoinette défaisait les paquets. Il y avait deux paires de chaussettes, une cravate de soie noire à petites fleurs blanches, puis un paquet plus petit, qui contenait une étroite boîte en carton.

— Il sera content du stylo, remarqua Antoinette. A ma fête j'en voudrais un aussi.

Il coûtait soixante francs. C'était une imitation des stylos américains et la plume en or n'était qu'à quatorze carats.

— Passe-moi le beurre...

Elie relisait l'information de *La Gazette de Charleroi*, pliait menu le morceau de journal et le glissait dans la poche de son veston violet.

Domb rentra et monta directement chez lui. Moïse sortit, moitié courant, sauta dans le tram en marche et une demi-heure plus tard il était déjà de retour.

Il y avait toutes sortes de bruits dans la cuisine, toutes sortes d'odeurs dans la maison. Chacun, par exception, restait dans sa chambre et Elie, qui avait tiré les rideaux, les écartait légèrement pour observer les allées et venues dans la rue.

Il fut le premier à entendre le grelot d'un triporteur qui s'arrêta au bord du trottoir et il courut à la porte, de la monnaie toute prête dans le creux de sa main.

C'était la gerbe. Il rentra dans sa chambre sans avoir été vu de la cuisine et enleva le papier argenté pour faire tremper les tiges dans l'eau de la cuvette. Valesco ne rentra que quelques minutes avant sept heures. Elie ouvrit sa porte, car il était aux aguets, et prit le petit paquet oblong que l'autre lui tendait.

— Cent soixante francs... C'est un vrai... On peut le changer si la plume ne convient pas...

Mme Baron, dans la cuisine, essuyait ses yeux qui coulaient. Elle ne pleurait pas à proprement parler, mais, malgré elle, elle ne cessait d'avoir les yeux humides.

— Il va arriver..., dit-elle.

Elle laissa s'égoutter les fleurs qu'elle avait mises dans l'évier, les arrangea dans deux vases et la table eut d'autant plus un air de fête qu'elle était couverte d'une nappe à carreaux rouges et blancs. Les paquets ficelés étaient posés à côté du couvert de M. Baron.

— Tu devrais mettre de la poudre, maman.

— On voit que j'ai pleuré?

Et, à regret :

— Sylvie n'a pas écrit?

Elie vit arriver le tram dont les vitres étaient sans transparence. La voiture lui cacha les gens qui descendaient mais, quand elle se remit en marche avec un vacarme de sonnerie, il aperçut la silhouette de M. Baron qui traversait la rue.

Ce fut ensuite le bruit de la clef, les pas dans le corridor. Elie entrouvrit la porte, devina le cri d'Antoinette :

— Bonne fête, papa!

On s'embrassait. Le murmure des voix devint indistinct. De là-haut, on guettait aussi les bruits de la maison, dans l'obscurité des paliers.

Ce fut Elie qui arriva le premier dans la cuisine, son énorme gerbe à cent francs à la main, son petit paquet dans l'autre.

— Monsieur Baron, j'ai le plaisir de vous souhaiter une heureuse fête...

146

La gerbe était trop grosse, trop luxueuse pour la cuisine. M. Baron la tenait gauchement et la regardait avec admiration.

— C'est trop!... C'est trop!... murmura-t-il.

Il regardait aussi le petit paquet, ne savait que faire, que dire. Maladroitement il s'approcha d'Elie et l'embrassa sur les deux joues, le frôla plutôt de ses moustaches rugueuses.

— Je ne m'attendais pas...

Mme Baron cria dans le corridor :

— Monsieur Moïse!... Monsieur Domb!... Monsieur Valesco!... A table!...

Les chaussettes étaient déballées, ainsi que la cravate. Maintenant, M. Baron découvrait le stylo d'Elie et s'extasiait :

— C'est un vrai *Parker*...

Nagéar souriait. Antoinette, désolée, essaya de saisir l'autre porte-plume encore enveloppé, mais son père prévint son geste.

— Qu'est-ce que tu fais?

Il était heureux, lui! Il ouvrait le second paquet, regardait le porte-plume à soixante francs et balbutiait, un peu gêné :

— Voilà que j'en ai deux, maintenant!

Mme Baron remuait ses casseroles. Domb, qui joignait les talons pour saluer, tendait une épingle de cravate représentant un fer à cheval.

— Je vous souhaite une excellente fête et je profite de cette occasion pour vous dire ma reconnaissance qui ne s'éteindra qu'avec mon dernier soupir...

Valesco se montrait à son tour, offrait une pipe en bruyère.

M. Baron, sans savoir pourquoi, ne les embrassa pas. Peut-être se tenaient-ils trop loin de lui?

Et Moïse arrivait le dernier, disait de la porte, qu'il refermait derrière lui :

— Bonne fête, monsieur Baron!...

Il ne s'excusait pas de ne rien apporter. Il n'avait pas d'argent. Il voulut prendre sa boîte.

— Pas aujourd'hui! intervint vivement Mme Baron. Vous êtes fou?...

Il en rougit et s'assit humblement à sa place. Installé dans son fauteuil d'osier, M. Baron les regardait tous avec des yeux joyeux.

— Je suis très ému... commença-t-il.

Tout le monde se taisait. Seule la voix de Nagéar s'éleva.

— Chez nous, c'est la date anniversaire qui compte. Et ce jour-là, les domestiques eux-mêmes apportent leur cadeau.

On avait supprimé la soupe du menu, car c'était trop vulgaire. Mme Baron posa les deux poulets sur la table et son mari se souleva dans l'intention de les découper.

— Laissez-moi faire...

C'était encore Elie! Antoinette était blême. Sous la table, elle donnait des coups de pied à Moïse qui regardait fixement son assiette. Mme Baron n'avait pas le temps de s'asseoir, car elle devait préparer le repas.

— Vous devez connaître les rites, vous, Moïse! Chez les Juifs, il y a des cérémonies très compliquées... Dites, madame Baron, avez-vous des bougies?

Elle se retourna vivement.

— Pour quoi faire?

— Il faudrait... Quel âge avez-vous, monsieur Baron?

— Cinquante-deux ans.

— Il faudrait cinquante-deux bougies... Chez nous, c'est la coutume... A certain moment, on éteint toutes les lumières et...

Moïse le regarda dans les yeux. Elie hésita, sourit, se tut. Mais, cinq minutes plus tard, c'était à nouveau lui qui parlait.

— Si on avait pu trouver tout ce qu'il faut, je vous aurais fait de la pâtisserie turque. Ma sœur s'y entend à merveille, mais je ne m'en tire pas trop mal...

— C'est à la crème? questionna M. Baron.

— Aux fleurs... C'est beaucoup plus délicat.

— Je ne vois pas comment on peut manger des fleurs...

— L'essence des fleurs...

— Tu n'as pas faim, Antoinette?

Elle mit un peu de poulet dans sa bouche, par contenance. Domb regardait le mur. Moïse avait le front barré d'un grand pli et Valesco seul s'efforçait de sourire.

— Je voudrais que vous veniez un jour à Stamboul, parce qu'alors c'est vous qui seriez mon hôte. Je vous ferais connaître la Turquie...

— Vous savez, avant que je puisse voyager!... soupira M. Baron.

— Pourquoi? Avec l'avion, il y en a pour une journée.

Mme Baron, elle aussi, essaya de le faire taire en le regardant fixement, tout en tournant une sauce. Mais il ne parut pas comprendre.

— Les Turcs sont les gens les plus hospitaliers de la terre. Du moment que vous entrez dans une maison, vous en devenez le maître et chacun s'efforcera de prévenir vos désirs...

— Même si vous n'êtes pas invité? demanda naïvement M. Baron.

Il ne l'avait pas fait exprès. Il fut surpris de voir Antoinette éclater de rire au point qu'elle s'en étranglait. Elle dut se lever, tourner le dos à la table pour cracher dans sa serviette. Elle riait toujours en se rasseyant, des larmes dans les yeux, avec une drôle de grimace des lèvres...

— Je pourrais vous citer des exemples... poursuivit Elie sans se démonter. Ainsi, mon père avait été reçu avant la guerre par un grand seigneur russe. Après la révolution, celui-ci est arrivé à Constantinople, comme on disait encore à ce moment. Eh bien! il est resté cinq ans chez nous...

Antoinette n'en pouvait plus; on ne savait pas si elle riait ou si elle pleurait et son père prit un air sévère pour prononcer :

— Tiens-toi bien, voyons! Quand M. Elie parle... Je vous écoute, monsieur Elie...

— Ce sont des choses que l'on ne comprend pas en Occident. Ma mère et ma sœur ont perdu presque toute leur fortune, mais si quelqu'un venait de ma part, en disant qu'il est mon ami...

— Antoinette! répéta M. Baron. Si ce n'était pas ma fête, je t'enverrais dans ton lit...

— Je voudrais bien voir ça! riposta sa femme.

Et c'était si inattendu qu'il rougit, se remit à manger sans savoir ce qu'il faisait.

M. Domb partit le premier, comme toujours.

— Les Polonais ne sont pas comme les Turcs, affirma M. Baron. On dirait toujours qu'ils vous font une faveur en restant avec vous. Je n'aime pas non plus leur façon de traiter les Juifs, même ceux de leur pays. Enfin, M. Moïse est aussi polonais que lui.

Il regarda Moïse, mais celui-ci ne desserra pas les dents.

— Où est ta mère? s'inquiéta soudain M. Baron.

Antoinette sortit. Mme Baron pleurait dans la cage d'escalier. Elle gémit :

— Laisse-moi!... Dis-leur que je reviens tout de suite...

Alors Antoinette éclata à son tour.

— Il faut qu'il s'en aille, maman! Sinon, c'est moi qui partirai. Tu as lu l'article?

— Il te l'a montré aussi?

— Il m'a appelée tout exprès...

« ... Etait l'amant de cette fille... »

Quand elles rentrèrent dans la cuisine, Moïse s'en allait et Valesco cherchait une excuse pour partir à son tour. M. Baron avait pris dans le placard une bouteille de liqueur du Luxembourg. Nagéar avait changé de place et s'était assis à côté de lui.

— A votre santé! A la santé de la Turquie!

— A la santé de la Belgique!

— Papa a bu... souffla Antoinette.

Les deux femmes desservirent la table. Les deux hommes, eux, buvaient toujours. Elie avait le feu aux joues. Quant à M. Baron, il était en proie à une animation que sa femme connaissait bien.

— Qui est-ce qui vous a dit que j'avais envie d'un *Parker?*

— Je l'ai deviné.

Ils riaient. Autour d'eux, on heurtait des assiettes et des plats. Mme Baron tisonnait pour la dernière fois, disait à Antoinette :

— Va te coucher! Nous ferons la vaisselle demain.

Elle restait toute seule, debout près du fourneau, à les surveiller.

— Encore un petit verre? Ce n'est pas tous les jours ma fête...

— Vous ne pouvez pas savoir comme vous m'êtes sympathique... Votre femme aussi, d'ailleurs, mais ce n'est pas la même chose... Les femmes, ce n'est jamais la même chose...

Il sentait le regard dur de Mme Baron rivé à lui et il faisait un effort pour dissiper son ivresse, mais sans y parvenir.

— Quand vous viendrez en Turquie... répéta-t-il, la langue épaisse.

Et M. Baron, qui finissait par y croire, répliquait :

— Hé! Hé! Je ne dis pas qu'un jour...

X

Valesco avait l'habitude, pour se raser, d'accrocher un miroir rond à l'espagnolette de la fenêtre. Il connut l'heure, ce matin-là, par les enfants que l'instituteur rassemblait devant l'école, puis par un vieux bonhomme qui prenait chaque jour le tramway à huit heures cinq. Les passants étaient rares et chacun était précédé par le nuage de son haleine.

Valesco passait de la joue gauche à la joue droite quand il vit trois hommes descendre du tram et regarder les numéros des maisons. Il y en avait un gros, dont le pardessus et le veston déboutonnés laissaient voir une chaîne de montre en or. Il portait le chapeau en arrière et fumait une pipe à tuyau courbe.

C'était le chef, cela se sentait. Il avisa le 53, qu'il montra aux autres d'un mouvement du menton et son regard, inspectant la façade, s'arrêta sur Valesco dont il ne devait distinguer qu'une silhouette confuse à travers les rideaux.

L'homme dit ensuite quelques mots au plus petit de ses compagnons, un être entre deux âges, au pardessus étriqué, aux moustaches tristes, qui tenait frileusement ses mains dans ses poches et qui resta seul, à battre la semelle, en face de l'épicerie, quand les deux autres s'éloignèrent.

Un instant Valesco s'attendit à un coup de sonnette, car les deux inconnus avaient traversé la rue, mais ce fut pour contourner le bloc des maisons et s'assurer qu'il n'y avait pas d'issue par-derrière.

Quand ils revinrent, ils avaient du givre sur les chaussures, ce qui indiquait qu'ils avaient marché dans l'herbe gelée du terrain vague.

Ils parlaient à nouveau tous les trois. Le petit faisait pitié, tant il était transi. Le gros, après une hésitation, entra à l'épicerie, d'où il ne sortit que cinq bonnes minutes plus tard et dès lors la commerçante montra à tout moment un visage anxieux derrière son étalage.

— Madame Baron!.. appela Valesco, du palier.

— C'est pour votre eau chaude?

— Non! Montez un instant.

Malheureusement, quand il revint à la fenêtre, où Mme Baron le rejoignit, le gros serrait déjà la main du petit et se dirigeait vers la ville, content de lui, tandis que le troisième traversait la chaussée.

— Pourquoi m'avez-vous appelée?

— Regardez-les.

— Je les regarde, mais je ne comprends pas.

— Je jurerais que ce sont des policiers. Ils ont interrogé l'épicière. Le petit ne quitte pas la maison des yeux et je suis sûr que l'autre est allé se poster dans le terrain vague. Quant au gros, qui est parti, ce doit être un commissaire.

Mme Baron passa quelques minutes, embusquée derrière les rideaux. Deux trams s'arrêtèrent et le petit bonhomme ne bougea pas.

154

— Il est levé? questionna Valesco en montrant le plancher.

— Il dort. Mon mari et lui ont bu jusqu'à trois heures du matin...

On entendit sur le palier les pas de Domb, qui partait.

— Ne vaut-il pas mieux le prévenir? s'inquiéta Mme Baron.

— Laissez-le aller. Il déteste Elie...

La porte s'ouvrit, en bas. Les pas du Polonais résonnèrent sur le trottoir et le petit homme tira vivement un calepin de sa poche, y regarda quelque chose, puis marcha le long de l'autre trottoir pour mieux observer l'étudiant.

— Qu'est-ce que je vous avais dit?

Il ne parcourut qu'une centaine de mètres et, rassuré sans doute, reprit sa place près du poteau de fonte qui marquait l'arrêt du tram.

— Laissez-moi finir de m'habiller, fit Valesco.

Dans la cuisine, Mme Baron retrouva Antoinette qui déjeunait et tout d'abord elle pensa ne rien lui dire. Sa fille ne lui demandait rien non plus, se contentait de la regarder avec des yeux interrogateurs, des yeux qui semblaient s'être agrandis depuis quelques jours.

— Je crois que c'est fini, soupira enfin Mme Baron en prenant son panier à légumes dans l'armoire. Ton père dort toujours?

Antoinette fit signe que oui

— Je voudrais que ce soit terminé quand il se réveillera. Il y a un agent de la Sûreté en face de la maison et un autre derrière.

Les narines de la jeune fille se pincèrent et le pain resta dans sa bouche.

— Je me demande s'il faut l'avertir, lui... Tout à l'heure, je suis entrée dans sa chambre pour soigner le feu... Il n'a jamais dormi ainsi... On sent qu'il a bu... Il ronfle, couché sur le ventre...

Une idée vint à Mme Baron qui monta les deux étages, frappa faiblement à la porte de Moïse. Celui-ci ouvrit. Les cheveux non peignés, le col du pardessus relevé, il travaillait déjà.

— Chut!... fit-elle en désignant le mur qui séparait la pièce de la chambre où dormait son mari.

Elle ouvrit la fenêtre à tabatière mais, à cause de la corniche, on ne pouvait apercevoir le trottoir d'en face.

— Descendez un moment, voulez-vous?

Moïse la suivit et elle s'arrêta sur le palier du premier, poussa la porte de Valesco qui avait fini de s'habiller et qui avait repris son poste derrière le rideau.

— Il est toujours là?

On parlait bas, d'instinct, comme dans une maison mortuaire. Mme Baron désigna le petit homme en pardessus noir qui regardait la maison et qui battait toujours la semelle.

— C'est un agent de la Sûreté. Il y en a un autre derrière.

Moïse évita de prononcer le nom d'Elie.

— *Il* le sait? demanda-t-il simplement.

— Il dort. Cette nuit, il était si soûl qu'il n'a pas eu la force de retirer ses chaussettes pour se coucher.

Antoinette était entrée et, de l'autre fenêtre, elle observait le policier dont les épaules avaient l'air de

156

se rétrécir à mesure qu'il enfonçait les mains dans ses poches.

— Ne restons pas ici, décida Mme Baron. Viens, Antoinette.

Moïse les précéda.

— Vous le surveillez, monsieur Valesco?

Il fit un signe affirmatif et dans la cuisine Mme Baron remplit une tasse de café qu'elle offrit au Juif polonais.

— Buvez-le tant qu'il est chaud... Et maintenant dites-moi ce que vous feriez à ma place.

Contre toute attente, personne ne s'énervait. Au contraire! Chacun était calme, mais d'un calme sinistre. Cela rappelait à Mme Baron l'entrée des Allemands à Charleroi et la réunion dans les caves d'une vingtaine de voisins. On ne savait que faire. On attendait. On ignorait ce qui allait se passer et de temps en temps quelqu'un allait se poster derrière le soupirail, suivait des yeux une estafette de uhlans qui passaient au galop.

— Ce qui m'inquiète le plus, c'est mon mari. On ne peut prévoir de quoi il sera capable s'il apprend tout à coup...

— A quelle heure prend-il son service? demanda Antoinette.

— A trois heures. Il faudrait qu'il continue à dormir. Vous ne croyez pas qu'on doive prévenir ce garçon, monsieur Moïse? Moi, je n'en ai pas le courage. Quand je pense que c'est sans doute la dernière fois qu'il dort tranquillement...

— Vous êtes sûre que cet homme est de la police?

— M. Valesco le dit.

Moïse fouilla ses poches, demanda en rougissant :

— Donnez-moi un franc...

L'instant d'après, il sortait, laissant la porte
« contre », comme on disait dans la maison, c'est-à-
dire sans la fermer au pène. Valesco, du premier
étage, le vit traverser la rue en courant et remarqua le
tressaillement du bonhomme qui avait saisi son
calepin.

Moïse entra à l'épicerie. On le devinait derrière la
vitre grisâtre et il resta assez longtemps cependant
que le guetteur relisait quelques lignes de son carnet.

Enfin il revint en courant. Valesco descendit aux
nouvelles.

Moïse posa sur la table un morceau de fromage
enveloppé de papier blanc et fit un mouvement
affirmatif de la tête.

— C'est bien la police! Le gros, qui est parti, a
demandé si vous aviez un nouveau locataire depuis
deux semaines environ. L'épicière a répondu qu'elle
ne savait pas, mais que c'était possible, car elle avait
vu de la lumière dans la chambre du rez-de-chaussée.

— Buvez une tasse de café chaud, monsieur Valesco. Antoinette, va chercher la bouteille de rhum.
Cela fera du bien à tout le monde...

C'était un jour de soleil. Il y en avait un grand
triangle sur le mur blanc de la cour. Le morceau de
glace qui avait brisé le broc de Moïse était toujours
dans un coin, à peine déformé.

— Je vais voir s'il ne s'éveille pas...

Et Mme Baron s'approcha sur la pointe des pieds
du lit où Elie dormait toujours, les couvertures
rejetées. Il n'entendit rien, assommé qu'il était par
l'alcool dont on percevait des relents dans la pièce,
mêlés à l'odeur du poêle et du linoléum.

— Eh bien? questionna Antoinette quand sa mère rentra dans la cuisine.

— Il dort toujours... Je ne peux pas... Vous ne voulez pas vous en charger, monsieur Moïse.

Il ne répondit pas. Valesco s'esquiva, peut-être pour ne pas être chargé de cette mission désagréable, et alla à nouveau s'embusquer derrière le rideau de sa chambre.

La rue était à peu près vide. Parfois un tram passait, rendu plus clair par le soleil, mais il y avait toujours du givre sur les vitres. On entendait à gauche la trompette du marchand de légumes. Le petit homme avait allumé une pipe et la fumée de tabac se mélangeait au nuage léger de son haleine.

Tout était calme. L'air était limpide. Les moindres bruits se répercutaient comme aux abords d'un lac.

Un grincement continu annonçait que des wagonnets passaient au-dessus de la rue, suspendus à un câble. Il y eut aussi les manœuvres d'une petite locomotive à la sortie de l'usine et chaque mouvement était ponctué de coups de sifflet.

Le policier attendait quelqu'un ou quelque chose, car il regardait souvent dans la direction de la ville. Mme Baron épluchait ses légumes et Antoinette, oubliant de faire les chambres, était adossée au poêle et serrait son châle sur sa poitrine.

C'est elle qui murmura soudain :

— On est sûr qu'il y a quelqu'un dans le terrain vague?

— Valesco a vu le second policier se diriger de ce côté.

— Sinon, *il* aurait pu sauter le mur... Une fois franchie la ligne de chemin de fer...

Il y avait plus d'une heure que l'homme était en faction et Elie dormait toujours. La cuisine sentait le rhum. Antoinette elle-même en avait bu.

— Va en porter un verre à M. Valesco... Il n'y a pas de feu dans sa chambre...

Et Mme Baron se raccrochait à Moïse.

— Donnez-moi un conseil... Dites quelque chose... Si vous saviez dans quel état je suis... Je me contiens, à cause d'Antoinette...

Elle fit une moue, parvint à ne pas pleurer.

— Ecoutez...

Elle s'était levée d'une détente et n'osait plus bouger. Une auto venait de s'arrêter devant la porte. On entendait des pas décidés sur le trottoir, puis le bruit de la boîte aux lettres dont on agitait le battant.

— Allez ouvrir, vous!

La porte ne resta entrebâillée qu'une seconde, le temps d'apercevoir un taxi au bord du trottoir, dans le soleil. De hauts talons martelaient maintenant le corridor.

C'était Sylvie, enveloppée d'air froid. Dans la cuisine, sans penser à embrasser sa mère, elle questionna :

— *Il* est parti?

Moïse, par discrétion, restait dehors, Mme Baron l'appela, peut-être parce qu'elle avait peur de rester seule avec sa fille. Et Sylvie ouvrait son manteau, se versait un verre de rhum sans se donner la peine de prendre un verre propre.

— Il est toujours ici? Antoinette n'a pas reçu ma lettre?

— Chut! Ton père est en haut...

Elle comprit que son père ne savait rien, mais elle

n'avait pas le temps de s'attarder à cette question.

— Ils ne sont pas arrivés, au moins?

— Il y a depuis ce matin un policier dans la rue et un autre derrière la maison.

— De Bruxelles?

— Je ne sais pas. Ils ne bougent pas. M. Valesco les guette de la fenêtre du premier.

Sylvie monta et entra dans la chambre sans frapper, s'approcha du Roumain qui s'inclina vivement.

— C'est ce petit-là?

— Oui. Il vient de noter le numéro de votre taxi.

Car Sylvie avait gardé sa voiture et le chauffeur faisait les cent pas en face de la maison.

— Vous venez de Bruxelles?

Elle ne répondit pas et quitta la chambre. Tous ses mouvements avaient la même netteté. Elle croisa sa sœur dans l'escalier sans lui adresser la parole.

De la cuisine, Mme Baron, impressionnée, observait ses allées et venues.

— Je me demande ce qu'elle va faire... soupira-t-elle.

Et Moïse de répondre :

— Elle sait mieux que nous...

Tout le monde tressaillit, au premier comme dans la cuisine, quand on entendit craquer la porte de la chambre de devant. Mais Sylvie la ferma derrière elle et il n'y eut plus que le silence.

Dans son sommeil, Elie avait bougé et, à cause du soleil qui pénétrait dans la pièce, il tenait une main sur ses yeux.

— Lève-toi vite! prononça Sylvie en lui secouant le poignet.

Il poussa un soupir, remua encore, souleva enfin les paupières et aperçut la jeune femme en face de lui.

— Qu'est-ce que?...

Il fronça les sourcils, car il avait mal à la tête et il ne se rappelait pas ce qui s'était passé la veille. Sa bouche était pâteuse. Il lui semblait que son torticolis recommençait.

— Qu'est-ce que je t'avais fait dire?

Elle parlait durement et son regard était sans tendresse. Lui voyait le soleil jouer dans les cheveux, glisser mollement sur le manteau de fourrure.

— Tu n'as pas encore compris? Debout! On va venir te chercher d'un moment à l'autre.

Il fut sur pieds d'un bond, comme un singe, l'œil soupçonneux.

— Qu'est-ce que tu dis?

— Ne fais pas le malin... Je dis que c'est fini, qu'*ils* vont venir...

Le visage de Nagéar devint haineux, menaçant.

— C'est toi qui m'as dénoncé, n'est-ce pas?

— Je te répète de ne pas faire l'idiot. Tu ferais mieux de t'habiller...

— Tu mens! cria-t-il alors, changeant d'idée. Je comprends! Tu veux me faire partir et c'est pour ça que...

Il aperçut le taxi au bord du trottoir, s'approcha de la fenêtre.

— Regarde en face, près de l'arrêt du tram. Ce bonhomme-là appartient à la Sûreté...

Elie n'avait pas encore réalisé la situation. Il se versa un verre d'eau et cracha dans la cuvette après s'être rincé la bouche. Il était pâle et maigre. Jamais ses traits n'avaient paru aussi irréguliers.

— J'ai compris!

— Tant mieux! Dans ce cas, habille-toi...

— J'ai compris que tu m'as dénoncé pour recevoir une prime...

— Imbécile!

— J'aurais dû m'en douter quand tu m'as fait venir dans cette maison...

Elle fut sur le point de le gifler et, si elle ne le fit pas, ce fut en le voyant si falot dans son pyjama fripé.

— Habille-toi!

— Je ferai ce qu'il me plaira... Et Dieu sait ce qu'il me plaira de faire.

Il la regarda en dessous pour juger de l'effet de cette menace, mais Sylvie, toujours en manteau de fourrure, appuyée au rebord de la fenêtre, s'occupait de ce qui se passait dehors.

Elle avait été convoquée, la veille au soir, dans les bureaux de la Sûreté bruxelloise et elle s'était trouvée en face de trois hommes, dont deux fumaient la pipe. L'inspecteur qui l'avait déjà interrogée au *Merry Grill* était assis sur le coin de la table, à côté d'un commissaire belge. Enfin, marchant sans cesse d'un mur à l'autre, il y avait un inspecteur de Paris.

— Asseyez-vous et dites-nous pourquoi vous nous avez menti?

Une seconde, elle avait regardé les documents étalés sur la table, et elle avait eu le temps de distinguer un papier à en-tête du *Café de la Gare* de Charleroi.

Elle était parvenue à sourire, sans ironie, sans provocation, à sourire simplement comme on sourit à un ami.

— Vous en auriez fait autant à ma place...
affirma-t-elle.

Les trois hommes s'étaient regardés. Ils avaient été forcés de sourire à leur tour.

Depuis trois jours Sylvie s'attendait à cette scène. Le portier du *Palace* l'avait vue emporter les valises de Nagéar, et non seulement le portier, mais le bagagiste qui avait chargé les valises dans un taxi. Ce sont toujours les mêmes voitures qui stationnent devant les grands hôtels. Il n'y avait donc qu'à suivre la piste. Elle menait à Charleroi, au *Café de la Gare,* puis au 53 de la rue du Laveu.

— Il est toujours chez vos parents?

— Je l'ignore. Je vous en donne ma parole.

— Savez-vous que vous pouvez être arrêtée pour complicité?

Elle battit des paupières et sourit encore.

— J'ai agi comme n'importe qui aurait agi à ma place. Il me reste à vous jurer que mes parents ne se doutent de rien.

C'était tout. Les trois hommes s'étaient encore regardés. Ils n'avaient plus de questions à lui poser. Ils se demandaient seulement s'ils allaient la laisser en liberté et le Français avait haussé les épaules pour dire que cela n'avait pas d'importance.

— Allez! Mais soyez prête à vous présenter à toute réquisition.

— Je peux me rendre à Charleroi?

Ils s'étaient consultés.

— Si vous y tenez.

Il était alors onze heures du soir. Sylvie savait que dès son départ on téléphonerait à Charleroi pour faire surveiller la maison, si elle ne l'était pas encore.

Elle s'était rendue au *Merry Grill* et c'est à peine si elle avait eu un court entretien à voix basse avec Jacqueline. Elle avait dansé. Elle avait bu du champagne avec un armateur d'Anvers, et au petit jour elle avait changé de robe.

Elie la regardait, hargneux, méchant. Il la voyait de profil, les cheveux toujours éclairés par le soleil, les bas de soie bien tirés sur les jambes.

— Habille-toi! répéta-t-elle avec lassitude.

Et elle se leva, se dirigea vers la porte qu'elle referma derrière elle, gagna la cuisine. Sa mère la questionna des yeux.

— Il s'habille, répondit-elle.

— Qu'est-ce qu'il a dit?

Antoinette était présente, les yeux fiévreux, les lèvres amincies.

— Que veux-tu qu'il dise?

Elle se chauffa. Valesco descendit et se versa du rhum. Cela rappelait toujours le début de la guerre, quand les petites contingences de la vie de tous les jours ne comptaient plus.

— Il ne bouge pas, annonça le Roumain. Son nez devient un peu moins rouge, car il est dans le soleil.

Il regarda l'heure. Il était dix heures et demie. Il n'y avait pas une casserole sur le feu. Mme Baron ne pensait plus à éplucher ses légumes.

— Pourvu que ton père ne s'éveille pas! Va voir, Antoinette.

Antoinette sortit, docile, marcha sur la pointe des pieds.

— Vous croyez qu'il n'y a aucun moyen?...

Mme Baron disait cela d'une voix timide, en détournant la tête.

— Surtout il ne faut rien faire! riposta Sylvie.

— S'il n'y avait pas eu un agent derrière... murmura Valesco. Mais ils ont pris leurs précautions...

Parfois quelqu'un tressaillait en entendant du bruit dans la chambre d'Elie. Valesco dit encore :

— Je sais bien ce que je ferais à sa place.

Mme Baron le regarda dans les yeux.

— Qu'est-ce que vous feriez?

Il esquissa le geste de se tirer une balle dans la tête et Mme Baron gémit, se servit du rhum. On ne se rendait pas compte qu'on buvait mais la bouteille était déjà à moitié vide. Antoinette redescendit.

— Père m'a demandé l'heure. Je lui ai dit qu'il n'était que huit heures et il s'est rendormi.

Les deux femmes évitaient de regarder Sylvie qui, seule, était calme. Moïse, au contraire, l'observait souvent à la dérobée et détournait aussitôt les yeux.

— Chut!... Le voici...

La porte craquait. Du soleil pénétrait par la vitre qui surmontait la porte d'entrée et dorait le corridor. La silhouette d'Elie se dessina dans ce nuage de lumière, s'arrêta un instant, se dirigea vers la cuisine dont Antoinette ouvrit la porte.

On n'entendait plus un souffle. Il n'y eut qu'un bref sanglot de Mme Baron qui se cacha le visage.

Il leur semblait à tous que l'homme qui était là n'était pas le même que les autres jours, peut-être parce qu'il était calme, d'un calme terrifiant. Ses yeux sombres et cernés allaient de l'un à l'autre, lentement, tandis que sa bouche avait un pli agressif.

— Vous êtes contents? ricana-t-il en tendant la main vers la bouteille.

166

Jamais la cuisine n'avait paru aussi petite. Ils étaient l'un contre l'autre, embarrassés de leurs regards. Le soleil, dans la cour, avait atteint le bloc de glace et Antoinette, qui était près de la fenêtre, y voyait un arc-en-ciel.

— Tais-toi! ordonna sèchement Sylvie.

Elie avait de la sueur au-dessus de la lèvre supérieure et il s'était coupé au menton en se rasant. Car il était rasé. Il avait mis son complet gris, le même qu'il portait à bord du *Théophile-Gautier*.

Il contempla la cour, lui aussi, leva la tête pour apercevoir le sommet du mur blanc que surmontait le bleu léger du ciel. Mme Baron eut un nouveau sanglot et cria :

— Vous êtes tous sûrs qu'on ne peut pas faire quelque chose?

Elle n'osait pas regarder Elie. Moïse détourna la tête. Valesco sortit et monta dans sa chambre.

— Il n'y a rien à faire, constata Sylvie. Sinon, je l'aurais fait.

Pourquoi Elie s'approcha-t-il d'Antoinette? Elle ne voulait pas reculer. Il la regardait dans les yeux d'une façon si étrange que quand, par surcroît, il tendit la main vers son épaule, elle poussa un cri et se jeta dans les bras de sa mère.

Valesco dégringolait l'escalier, arrivait en courant, haletait :

— Les voilà!

Un moteur ronronnait devant la porte. On entendait des pas sur le trottoir, des voix. Elie se retourna d'un mouvement si brusque que tout le monde eut peur et, au moment où on agitait la sonnette, il s'élança dans l'escalier.

— Ton père!... gémit Mme Baron qui étreignait Antoinette.

Valesco n'allait pas ouvrir. Ce fut Sylvie qui marcha vers la porte et trois silhouettes s'encadrèrent dans le rectangle clair.

— Déjà ici! plaisanta l'un d'eux. Vous n'avez pas fait de bêtise, au moins?

L'inspecteur qui l'avait interrogée au *Merry Grill* ouvrit d'autorité la première porte, vit les valises aux initiales « E. N. », se pencha pour regarder sous le lit.

— Où est-il?

Le Français fumait une cigarette sur le seuil, comme si l'opération ne l'eût pas intéressé.

— Là-haut! répondit Sylvie.

Ils pouvaient apercevoir Mme Baron et sa fille dans le clair-obscur de la cuisine et elles, de leur côté, virent le commissaire tirer un revolver de sa poche et l'armer.

— Montez devant nous.

— Il s'adressait à Sylvie qui, sans hésiter, s'engagea dans l'escalier. Sur le palier du premier, elle s'arrêta, ouvrit la chambre de Domb, puis celle de Valesco, mais toutes deux étaient vides.

Dans la rue, le petit homme s'était rapproché et sa main, dans la poche de son pardessus, serrait aussi un revolver.

— Courage... disait machinalement Valesco.

Mme Baron essayait de sourire, caressait les cheveux roux d'Antoinette qui, les nerfs tendus, entendait tous les bruits de la maison.

— Ecoutez... fit-elle.

Sylvie et les deux hommes étaient tout là-haut et

soudain il y eut un cri, un vacarme de choses remuées, de meubles renversés, de vitres brisées.

Puis des pas presque calmes, ceux d'une seule personne qui descendait. C'était Sylvie. Elle entra, très blanche, dans la cuisine, colla d'abord son front à la fenêtre et sa respiration embua le carreau.

— Qu'est-ce qu'ils font?

— Il était perché sur la corniche...

Le vacarme continuait, avec des éclats de voix.

— Il est comme fou... ajouta Sylvie qui ne recouvrait pas sa respiration. Ils ont roulé par terre tous les trois...

Elle fit couler l'eau du robinet et imbiba son mouchoir dont elle se rafraîchit le visage.

— Antoinette!... cria la mère.

Moïse se précipita à temps. Antoinette, évanouie, glissait par terre.

— Etendez-la sur la table...

Valesco renversa la bouteille de rhum et un verre qui se brisa. On ne savait que faire d'abord.

— Du vinaigre...

Mais en même temps il y avait du bruit dans l'escalier. Mme Baron regardait tour à tour sa fille et le corridor. Elle aperçut Elie de dos et ne comprit pas tout d'abord que c'étaient les menottes qui changeaient sa silhouette.

— Elle revient... annonçait Moïse penché sur Antoinette.

Mais Mme Baron se précipitait, suivie de Sylvie qui criait :

— Maman!...

Les trois hommes s'arrêtèrent dans le corridor où

Mme Baron, à deux mètres d'Elie, était incapable et d'avancer et de dire un mot.

Nagéar avait la figure en sang, les cheveux collés au front et son nez saignait, ses yeux étaient devenus d'une mobilité inouïe. Il épiait tout autour de lui, non plus comme un homme, mais comme une bête, au point qu'on pouvait croire qu'il ne reconnaissait personne.

— Attendez... gémit enfin Mme Baron. Il ne peut pas partir ainsi.

Elle entra dans la chambre, bien que son mari se tînt sur les dernières marches de l'escalier.

Le commissaire, de son mouchoir, étanchait le sang d'une blessure qu'il avait à la main.

— Prends ses bagages, dit-il au petit policier qui s'était avancé.

Mme Baron revenait avec une serviette mouillée. Cela n'avait duré que quelques secondes.

Et déjà il y avait des curieux dans la rue. Un gamin, juché sur la pierre de taille, regardait dans la pièce.

Elie se laissa faire quand Mme Baron lui passa la serviette sur le visage, mais le sang ne cessa pas de couler.

— Laissez, intervint le commissaire en la repoussant doucement du coude. Faites reculer les gens.

On entendit :

— Reculez, voyons!... Reculez!... Il n'y a rien à voir...

M. Baron descendait parfois d'une marche comme un automate. Il ne comprenait rien. Pieds nus dans ses savates, il n'avait qu'une chemise et un pantalon sur le corps.

— Reculez, vous dit-on!

Nagéar se mit en marche de lui-même. Il dut laisser passer l'inspecteur qui portait ses valises. Le taxi de Sylvie et l'auto de la police étaient au bord du trottoir.

— En route!...

Un hurlement retentit dans la cuisine. Valesco était à mi-chemin du corridor et n'avança pas davantage. Mme Baron, hébétée, tenait sa serviette sanglante à la main.

Le reste se passa très vite. Les hommes traversèrent le soleil et disparurent dans l'auto. Le Français s'assit près du chauffeur et la portière claqua cependant que les curieux se précipitaient vers la voiture déjà en marche.

Sylvie, dont personne ne s'occupait, embrassa distraitement sa mère et monta dans son taxi.

C'était fini. Les gens se pressaient autour du seuil, et Mme Baron ferma la porte. Elle était molle, si morne qu'elle semblait malade. Son mari, intrigué, jeta un coup d'œil dans la chambre vide où il y avait de l'eau rougie dans la cuvette.

— Qu'est-ce qui s'est passé?

Ce fut Moïse qui pensa à fermer les volets, car les gamins continuaient à grimper sur l'appui de la fenêtre. Valesco essayait de ne plus penser à ses trois cents francs.

La veille au soir, on avait mis les fleurs dans un seau, dans l'arrière-cuisine, pour qu'elles ne fanent pas. Or, on dut les jeter, parce que l'eau avait gelé.

XI

Une grosse torpédo, qui contenait les opérateurs de cinéma, prit la tête du cortège de voitures, à quelques kilomètres de La Rochelle. Il y en avait cinquante-trois, cinquante-trois autos cellulaires qui suivaient la route en file indienne depuis la maison centrale de Fontevrault.

Le soleil inondait la campagne. Les villages étaient clairs. Les gens venaient sur le pas de leur porte et regardaient passer les grands cars sans fenêtres avec des gardiens armés sur les sièges.

Pendant la traversée de La Rochelle, les opérateurs, debout dans leur auto, prirent des vues du convoi. Puis ce fut La Pallice, l'arrêt de la colonne sur le quai Nord, à droite du bassin où flânaient des barques de pêche.

La foule était loin, maintenue par des gendarmes. Il fallait un coupe-file pour franchir le barrage et seuls les journalistes et les photographes se retrouvaient près du remorqueur qui allait transporter les condamnés à l'île de Ré.

— Où sont les vedettes? demandait-on au capitaine de gendarmerie.

— Delpierre doit être dans la seconde voiture.

C'était un ouvrier serrurier qui avait tué sa femme et ses cinq enfants à coups de hache.

— Et Nagéar?

— Quatrième ou cinquième voiture. Vous avez vu sa sœur?

On se montrait une silhouette féminine, au premier rang de la foule. Un photographe se précipita vers la grande jeune fille vêtue de gris qui regardait droit devant elle, mais, avant le déclic, elle eut le temps de mettre sa main gantée devant son visage.

Ses voisins, qui n'avaient pas pris garde à elle, remarquèrent qu'elle avait des jumelles.

— C'est une parente! chuchota-t-on.

Cependant on ouvrait la première voiture; de chaque cellule, un homme sortait, en costume de ville, rendu maladroit par les chaînes qui entravaient ses jambes et les menottes qui le forçaient à joindre les mains.

Un sac sur l'épaule, un pain noir sous le bras, il passait lentement au milieu des journalistes, franchissant la passerelle et des gardes le guidaient jusqu'à l'arrière du bateau où il s'asseyait, ébloui par la mer miroitante.

La plupart portaient des haillons et passaient peureusement, comme s'ils eussent craint les coups.

Parfois, pourtant, il y avait des regards de défi, des lèvres retroussées.

— Attention!... C'est lui...

Nagéar avait son complet gris, un élégant imperméable et un chapeau de feutre souple. Sans s'inquiéter de la foule, il ne s'occupait que de ses chaînes, regardait où il marchait, traînait les pieds, retenait mal la boule de pain sous son bras.

Quand il fut à bord, assis à même le pont, coincé entre ses compagnons, il leva la tête et fixa les appareils braqués sur lui, cependant qu'à cinq cents mètres une grande jeune fille tournait fiévreusement la molette de ses jumelles.

— Il sourit... remarqua un journaliste.

Etait-ce un sourire? On ne pouvait pas savoir. Maintenant, Nagéar parlait à son voisin, un vieux à poils gris, qui lui répondait.

— On est sûr que c'est sa sœur?

— Elle est venue exprès de Constantinople.

C'était la première fois qu'on voyait une arrivée de forçats par un si beau soleil. L'automne était en retard, la mer était plate, d'un bleu innocent.

Et huit jours plus tard, pour le grand départ, les maisons blanches de l'île de Ré étaient ruisselantes de lumière comme du linge séchant dans un pré.

Le rideau se levait pour le second acte. En rade, le *La Martinière,* entouré de barques de pêche, attendait les forçats. Et dans l'île toutes les chambres étaient louées dans tous les hôtels. Des journalistes se retrouvaient à chaque instant dans les cafés; des appareils photographiques traînaient sur les billards.

— Il y a des parents? questionnait-on.

— Il y a les tziganes...

C'était toute une famille de romanichels, arrivée à pied du Midi pour assister au départ du père. La famille campait au pied même du bastion et toute la journée on voyait errer les femmes et les enfants farouches qui ne parlaient à personne.

— Il y a aussi la sœur de Nagéar...

Elle était descendue dans le meilleur hôtel et on l'apercevait aussi, pendant les heures vides de la

174

journée, autour du bassin. Elle portait toujours son tailleur gris. Elle était toujours gantée. Elle mangeait seule à un bout de la table d'hôte, où trois ou quatre fois on la vit en conversation avec des gardes-chiourme.

— Elle doit essayer de lui passer de l'argent...

C'était vrai. Et, malgré les refus, elle ne se décourageait pas. Elle s'adressa même à un journaliste.

— Vous serez au premier rang au moment du départ, n'est-ce pas? Dans ce cas, il vous serait possible de lui glisser quelque chose dans la main...

Elle ne comprenait pas qu'on la repoussât, regardait ses interlocuteurs avec mépris. On la vit même accoster en pleine rue le directeur du bagne de Saint-Martin qui retira son chapeau pour la saluer. Mais l'entretien s'amorçait à peine que le directeur s'éloignait après un nouveau salut.

Elle ne se décourageait pas. Elle questionnait les gens comme s'ils n'eussent été là que pour la renseigner.

— Par où passent-ils? Où le public pourra-t-il se tenir?

On lui dit qu'on louait des fenêtres sur le chemin suivi par les forçats et elle en retint une. Mais quand on lui apprit que les persiennes devaient rester closes elle alla réclamer son argent.

Il y avait aussi deux hommes très bien habillés qui évoluaient discrètement et qui prirent la fenêtre à laquelle elle renonçait. L'un était le patron d'une maison à Marseille et l'autre le frère d'un condamné.

Tout le monde se connaissait de vue. Dix fois par jour, on se rencontrait dans le port. Mais ce ne fut que le dernier matin qu'on vit débarquer du bateau de La Rochelle une femme en noir, qui regarda autour d'elle comme si elle se fût perdue.

— C'est bien d'ici que partent les forçats? demanda-t-elle au premier venu. Ils ne sont pas encore embarqués, au moins?

Elle n'avait qu'une petite valise avec laquelle elle se promena jusqu'à midi et à ce moment, assise sur la jetée, elle en tira des provisions.

La sœur de Nagéar passa plusieurs fois près d'elle et la regarda curieusement. C'était l'heure où, dans la cour du pénitencier, on alignait les forçats pour le dernier appel.

Dans une cour voisine, soldats et gendarmes, en rang, eux aussi, recevaient leurs instructions.

Les bâtiments étaient gris, du gris tendre de la vieille pierre de France, et au-dessus des têtes le ciel étalait son bleu ténu.

Les barrages de gendarmes se formaient dans les rues où il fallait montrer des coupe-file. Esther, en tailleur gris, se heurtait aux hommes en uniforme.

— Puisque je vous dis qu'il est nécessaire que je passe! s'écriait-elle.

Et, désignant un chemin ombreux entre deux rangs de tamaris :

— C'est par là qu'ils vont venir?

— Oui.

Elle avait aperçu le mur bas d'un jardin et elle contourna le pâté de maisons.

Il était juste une heure quand la porte du pénitencier s'ouvrit et les officiels parurent, silhouettes noires, au bout du chemin.

Derrière eux, le cortège s'étira, tandis que les

gendarmes, sur le quai, résistaient à la poussée de la foule.

Le commissaire divisionnaire disait au préfet :

— Nous allons certainement voir les tziganes... Il paraît que toute la tribu s'est cotisée...

Sept cents hommes marchaient derrière eux, encadrés de tirailleurs sénégalais, au pas, lentement, à cause de leurs sabots. Ils n'avaient plus leurs vêtements civils. Tous étaient vêtus de bure brune, la couverture sur l'épaule, sac au dos, un étrange bonnet noir sur la tête.

On approchait du petit mur. La tête d'Esther dépassait, jumelles braquées sur les premiers rangs.

— Gendarme! Faites disparaître cette femme! dit le commissaire divisionnaire sans interrompre sa marche.

Le gendarme n'eut qu'à se retourner. La tête sombra tandis que le commissaire expliquait au préfet :

— C'est la sœur du petit Nagéar. Elle a essayé de lui faire passer de l'argent.

— Nagéar? répéta son interlocuteur, en fouillant sa mémoire.

— Celui qui a tué un Hollandais à coups de clef anglaise, dans le rapide de Bruxelles...

— Ah! oui...

Les objectifs étaient braqués sur le cortège. On écartait la foule et les tziganes, qui apercevaient de loin celui qu'elles voulaient voir, hurlaient soudain, si fort, de façon si déchirante qu'un instant toute autre vie sembla suspendue.

Le piétinement reprit. Les hommes, en file indienne, passaient à bord des trois bateaux qui

177

allaient les conduire jusqu'au *La Martinière*. On essayait de les reconnaître. Un opérateur de cinéma aperçut Nagéar qui marchait comme les autres, avec le même visage fermé qu'eux, du même pas las et monotone.

Derrière la foule, une femme en noir allait et venait, se hissait en vain sur la pointe des pieds, tirait les gens par la manche.

— Monsieur, est-ce qu'on les voit?... Dites!... De grâce, laissez-moi passer...

Elle courait plus loin, se heurtait à un nouveau mur humain.

— Je vous en supplie, monsieur!... Dites-moi au moins ce qu'ils font... Est-ce qu'ils partent?...

Des gens passèrent près d'elle à pas pressés. C'étaient les opérateurs de cinéma qui avaient frété un bateau à moteur pour suivre la caravane jusqu'au cargo. Ils partaient en avant. Le moteur était déjà en marche.

— Attendez!... leur cria la femme en noir.

Ils hésitèrent, se demandant qui elle était, ce qu'elle voulait.

— Attendez-moi!... Je vais avec vous...

— C'est impossible, madame... Nous...

Mais elle avait posé sa valise sur la pierre du quai. Accroupie, elle tendait les bras, car il y avait un mètre cinquante à sauter.

— Je vous dis que c'est impossible.

Le bateau s'écartait du bord et elle bondit quand même, tomba dans les bras d'un journaliste qui ne savait que faire.

— Filez!... Il est temps...

— Ma valise... dit-elle encore.

Mais on ne pouvait s'occuper de sa valise qui restait là, toute seule, au bord du bassin. Les trois vapeurs chargés de forçats allaient partir. On devait passer avant eux.

La femme en noir s'était assise, troublée par le mouvement du bateau.

— Vous les connaissez? demanda-t-elle à son voisin qui chargeait un appareil.

— Quelques-uns!

— Est-ce que vous en avez vu un assez jeune, aux cheveux bruns...

— Si vous me disiez son nom...

Elle se tut. On passait près des trois bateaux et des centaines de forçats regardaient la barque qui piquait vers la rade.

— On leur a pris leurs vêtements?

— Oui. Maintenant, ils ne sont plus qu'un numéro.

Le patron du bateau souffla à un journaliste :

— Cela doit être une parente. Attention qu'elle ne fasse des bêtises. On en a vu qui se suicidaient...

On se répéta le mot d'ordre et chacun, tour à tour, vint voir de près la femme qui restait impassible.

— Vous êtes ici pour un condamné?

Elle hochait la tête, sans dire ni oui, ni non.

— Nous pourrions peut-être vous renseigner. Nous sommes de la Presse...

— Ils sont très malheureux, là-bas? Est-ce qu'on a le droit de leur envoyer des douceurs?

Les trois vapeurs étaient en mer et on voguait dans leur sillage. L'eau miroitait. Des barques de pêche suivaient, elles aussi, et sur l'une on voyait des gens

179

qui mangeaient et se passaient une bouteille de vin rouge.

— Il n'est pas possible d'aller plus près? questionna encore la femme en noir.

— Les remorqueurs sont plus rapides que nous. Mais vous verrez les forçats sur l'échelle du *La Martinière*.

— Ils montent par une échelle?

Elle ne pleurait pas. Elle était calme et c'était justement ce calme qui les effrayait tous. Le patron racontait :

— J'en ai vu une qui s'est jetée à l'eau quand le cargo a levé l'ancre.

Par prudence, il chargea son matelot de surveiller la passagère.

— Pourquoi les habille-t-on comme ça? demandait-elle de sa voix douce et morne.

— Vous êtes belge? fit un opérateur qui avait reconnu l'accent. Il n'y a pourtant pas de Belges dans le convoi...

Elle ne répondit toujours pas. Elle portait des gants de fil gris. Ses souliers avaient été ressemelés et ses bas de laine étaient tricotés à la main.

— Comment ferez-vous pour votre valise?

— Je ne sais pas. Il faut que je reparte ce soir.

Cela ne l'inquiétait pas. Elle regardait sans répit les trois bateaux où l'on voyait côte à côte des centaines de têtes, des centaines de bonnets pareils.

— Si j'avais des jumelles..., soupira-t-elle.

On lui tendit celles du bord, mais elle tourna en vain la molette. Elle ne savait pas s'en servir.

Le *La Martinière* grossissait. Un yacht dépassa le

bateau, avec des jeunes femmes en robe blanche qui avaient des poses gracieuses.

— Le transbordement commence! annonça quelqu'un.

Un des vapeurs avait accosté le cargo et des hommes se dessinaient le long de l'échelle. Cependant quand on voulut s'approcher, une sirène lança l'ordre de prendre du large. Le matelot se tenait tout près de la femme en noir, guettant le moment où il devrait intervenir

Les tziganes passèrent, dans un petit bateau de pêche où elles étaient entassées, debout, la main en visière sur les yeux.

Les opérateurs travaillaient.

— Encore un tour... Passez au plus près...

Le matelot demanda :

— Vous avez vu celui que vous cherchiez?

La femme ne répondit pas. Elle n'avait rien vu, que des hommes qui de loin se ressemblaient. Mais il y avait du soleil. La mer était belle. Le *La Martinière,* peint en blanc, avait presque l'air d'un bateau de plaisance.

— Le cap sur La Rochelle, commanda l'opérateur. Je ne dois pas rater le train.

Pendant une heure encore, des hommes allaient gravir l'un derrière l'autre la coupée du cargo. Pour le cinéma, c'était monotone. Quelques mètres de pellicule suffisaient.

On ne s'occupait plus de la femme en noir, qui restait assise à sa place, sur une écoutille, et qui souriait vaguement en regardant la mer. On se souvint d'elle au moment d'accoster à La Rochelle.

Elle demandait au patron, en ouvrant un gros porte-monnaie usé :

— Combien vous dois-je?

— Rien du tout. Ce sont ces messieurs qui m'ont engagé.

Elle les remercia, avec un sourire maladroit, questionna :

— Où est la gare?

— Suivez les quais. Vous la verrez en face de vous.

— Merci bien... Merci bien...

Et Mme Baron souriait malgré elle, peut-être à cause du soleil. On lui avait affirmé que la traversée serait bonne. Elle imaginait Elie sur le pont du *La Martinière*.

— Ils ont chacun une bonne couverture, pensait-elle.

Le train ne partait qu'à neuf heures du soir. Il en était six. Elle aurait pu visiter la ville, ou tout au moins se promener autour de la gare.

Elle préféra s'asseoir dans la salle d'attente des troisièmes classes, un peu déroutée seulement parce qu'elle n'avait plus rien à la main. Sa valise était restée à l'île de Ré. Elle acheta un sandwich à la buvette, après en avoir demandé le prix.

Et elle ne remarqua pas Esther qui arriva vers huit heures, par le bateau, et qui dîna au restaurant de la gare.

Le train les emporta toutes deux, l'une en seconde classe, l'autre en troisième. Mme Baron y trouva un employé du chemin de fer à qui elle expliqua que son mari était chef de train en Belgique et, à Niort, il la fit entrer dans un compartiment vide de première.

1934.

PARUTIONS FOLIO POLICIER

Impression Bussière Camedan Imprimeries
à Saint-Amand (Cher),
le 14 juin 1999.
Dépôt légal : juin 1999.
1er dépôt légal dans la collection : novembre 1998.
Numéro d'imprimeur : 992678/1.
ISBN 2-07-040765-9./Imprimé en France.